KB051716

부검 스페셜리스트

부검 스페셜리스트 6

가프 현대 판타지 소설

초판 1쇄 찍은 날 § 2020년 6월 22일
초판 1쇄 펴낸 날 § 2020년 6월 29일

지은이 § 가프
펴낸이 § 서경석

총괄팀장 § 노종아
편집책임 § 박현성
디자인 § 소소연

펴낸곳 § 도서출판 청어람
등록번호 § 제387-1999-000006호
등록일자 § 1999. 5. 31
어람번호 § 제1-3062호

주소 § 경기도 부천시 부일로 483번길 40 서경B/D 3F (우) 14640
전화 § 032-656-4452 팩스 § 032-656-4453
http://www.chungeoram.com
E-mail § chungeorambook@daum.net

ISBN 979-11-04-92209-1 04810
ISBN 979-11-04-92151-3 (세트)

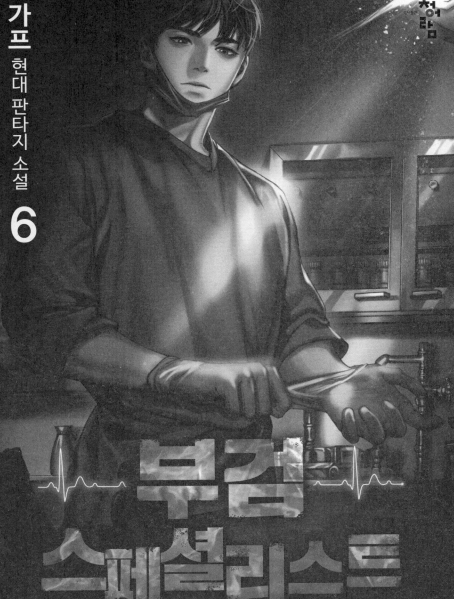

가프 현대 판타지 소설

6

청람

부검
스페셜리스트

MODERN FANTASTIC STORY

목차

제1장 　하늘이 도운 자살Ⅱ ·· 7

제2장 　미스테리 퍼즐 ·· 23

제3장 　적폐는 가라 ·· 53

제4장 　환골탈태 국과수 ·· 83

제5장 　두 번 살해된 남자 ·· 113

제6장 　판은 내가 짠다 ·· 129

제7장 　초정밀 평균치의 비밀 ·· 159

제8장 　국가대표 검시관의 위엄 ·· 191

제9장 　심장 탐포나데의 진짜 뇌관 ·· 223

제10장 　시신이 전하는 말 ·· 249

제11장 　돌발 위에 또 돌발 ·· 265

제12장 　한중일 실권자들의 폭풍 신뢰 ·· 279

제13장 　기묘한 결투의 종착역Ⅰ ·· 297

제1장
—
하늘이 도운 자살Ⅱ

"선생님."

원빈이 위 내용물 분석을 가지고 돌아왔다. 그걸 내미는 얼굴이 잔뜩 상기되어 있다.

'뭔가 있다.'

창하의 피도 서늘하게 식었다.

"⋯⋯!"

분석표를 본 창하가 숨을 멈췄다. 생각지도 않은 독극물이 나온 것이다. 바로 복어의 맹독 '테트로도톡신'이었다.

"경위님."

부검을 멈추고 경찰을 불러냈다.

"보시죠."

그에게 분석표를 보여주었다.

"테트로도톡신? 이거 복어 독 아닙니까?"

그가 소스라쳤다. 목을 매달고 자살한 남자. 그런 사람에게 복어 맹독이라니…….

"어떻게 된 걸까요? 현장 보셨습니까?"

"봤죠. 하지만 복어는 없었습니다. 낙지가 있었다던데 그건 밖에 묶어서 기르는 개밥 통에 버렸더군요."

"낙지였습니까? 복어는 아니고요?"

"아니었어요. 그건 확실합니다."

"그럼 사망자가 복어 독을 구한 걸까요? 아니면……."

"……?"

창하가 남긴 여운에 대해 경찰도 함께 긴장을 했다. 아들이 아버지 몰래 섞어두었을 가능성 때문이었다. 사람 속은 알 수 없다. 아버지가 운을 뗌으로써 보험 가입 여부를 확인했다면 아들이 시도할 수도 있는 일이었다.

"저 사람은 그런 친구가 아닌데……."

경찰이 고개를 저었다.

"누군가 복어 독을 동원한 겁니다. 실수가 아니라 살인의 의도로밖에 볼 수 없습니다."

"으아, 미치겠네."

"아까 현장 사진 보여주셨죠? 시신의 입가에 구토의 흔적이 보였습니다. 그리고 하방에 강하게 형성된 시반의 색깔. 처음에는 연로하신 분이라 그런가 싶었지만 일반적인 의사와 다른 경우입니다. 심장 혈액의 유동성과 폐, 신장 등의 울혈도 복어 독의 특징이고요. 이건 의사가 아니라 복어 독에 의한 급성 질식사 쪽입니다."

"그렇다면 범인은 역시 아들이라는 건데…….."

"조개탕과 낙지부터 찾아오시고 원점에서 조사를 하시는 게 좋겠어요. 음식 안에 복어 독을 풀었을 수 있습니다."

"알겠습니다."

경찰이 바빠지기 시작했다. 아들에게는 아직 통보하지 않았다. 그가 범인이라면 달아날 수도 있기 때문이다.

원빈과 광배도 숨을 죽였다. 과연 창하였다. 의사는 질식사다. 그러나 복어 독 역시 질식사에 속한다. 목을 맨 흔적 외에는 외표에 특이한 징후가 없는 시신. 그 미세한 차이를 찾아내는 일은 어렵다. 목의 삭흔에 마음이 쏠리면 삭흔 쪽으로 기울기 쉽다. 그렇기에 이런 차이를 구분해 내는 건 부검의의 능력에 속한다. 복어 독으로 인한 사람은 특이 외상이 없기 때문이었다.

하지만 다른 곳에서 문제가 터졌다. 정병권 후보가 도착한 것이다. 창하는 부검실에 있었다. 백 과장이 불러내려 했지만 정 후보가 막았다. 부검을 방해하고 싶지 않다는 게 그의 뜻이었다. 창하는 그것조차 잊은 채 부검 과정에만 몰두했다.

조개탕이 오고 낙지도 왔다.

"……?"

낙지 검체를 본 창하의 미간이 확 구겨졌다.

"죄송합니다. 개밥 속에 던져진 거라서……."

경찰이 목덜미를 긁었다. 낙지는 너저분했다. 다른 짬밥들과 섞이면서 붉은 물이 든 것이다. 하지만 창하가 갸웃한 건 오염 때문이 아니었다. 면봉을 가져다 낙지 살 표면을 닦았다. 닦이지 않았다.

"천 선생님."

광배를 불렀다.

"이거 낙지가 좀 이상하지 않나요?"

"그런데요? 문언가?"

"문어도 아닌 거 같은데?"

원빈도 분석에 참가를 했다.

"외래종 한번 검색해 보세요."

창하가 원빈을 바라보았다. 키보드를 두드리던 원빈이 창하를 돌아보았다. 잔뜩 굳은 표정이었다.

"……!"

창하 표정도 굳는다. 그건 낙지가 아니라 문어였다. 그것도 맹독의 파란고리문어…….

"혹시 개의 안전은 확인하셨나요?"

창하가 경찰에게 물었다.

"그게… 주인 죽은 다음 날에 죽었다고……."

"……."

창하, 그제야 사태 파악이 되었다. 지체 없이 문어 검체를 분석실로 넘겼다.

"이거 어떻게 되는 겁니까?"

경찰은 정신이 나간 표정이었다.

"맹독 문어입니다. 사망자가 백내장이라 맹독성 문어를 알아차리지 못한 것 같습니다."

"맹독 문어? 우리나라에 그런 게 있어요?"

"온난화 때문에 드물게 나타난다는데 하필 그게 걸린 것 같네요. 개도 그래서 죽었을 테고요."

"맙소사, 그럼 아들이 일찍 귀가했으면?"

"……."

창하는 대답을 못 했다.

아들이 일찍 돌아왔다면 어떻게 되었을까? 맹독의 문어를 만찬 삼아 아버지와 소주 한잔을 나누었을까? 아니면 문어가 이상하다는 걸 알고 먹지 않았을까? 창하 생각은 먹었다는 쪽이었다. 파란고리문어는 파란 줄무늬가 화려하다. 하지만 그건 문어가 위협을 느꼈을 때의 일. 끓는 물에 삶은 문어는 그 정도의 위화감을 주지 않았다.

결과가 나왔다.

테트로도톡신은 복어가 아니라 문어에게서 나온 맹독이었

다. 파란고리문어 역시 침샘 등에 테트로도톡신이 분포한다. 턱과 이빨에 많아 맨손으로 만지면 위험하다.

전체 그림이 그려진 창하, 시신 손가락의 상처를 떼어냈다. 그걸 분석하니 역시나 테트로도톡신 반응이 나왔다. 개밥 속의 문어 검체도 마찬가지였다.

이제 그림은 완벽하게 맞춰졌다.

아버지는 바다로 나갔다. 아들에게 주려고 잡은 낙지가 하필 맹독의 문어였다. 백내장 때문에 색깔 구분을 못 했으니 그냥 가져다 삶았다. 80이 가깝도록 바다에 산 아버지. 문어나 낙지에 독이 있다는 말은 들은 적이 없기 때문이었다.

그때까지는 무사했다. 김장용 장갑 덕분이었다. 하지만 유서를 챙기느라 장갑을 벗었다. 의사 준비를 마치고 문어를 준비했다. 문어는 밀가루에 굵은 소금을 넣고 박박 문질러야 한다. 그때 이빨을 뽑아내다 손을 찔린 것이다. 문어를 썰 때부터 몸에 이상이 왔을 것이다. 독소량을 계산해 보니 심장은 목줄을 건 직후에 멈췄다. 그래서 삭흔이 선명하지 않았던 것.

달리 보면 목줄을 걸지 않았어도 사망했을 몸. 어쩌면 아버지는 뭔가 이상하다는 것을 알았을지 모른다. 하지만 병원에 실려 가면 다시 살아날 수 있을 일. 죽을힘을 다해 목줄을 걸고 받침 의자를 차버린 것이다.

사망의 종류……

빈 칸을 바라보던 창하의 손이 명쾌하게 움직였다.

「사고사」

세 글자가 또렷하게 박혔다.
"어어, 이렇게 되면 아들이 보험금 타는 거 아닙니까?"
경찰이 물었다.
"그렇겠네요. 자살을 시도했지만 테트로도톡신이 먼저 작용했으니까요."
"보험회사에서 이견이 없을까요?"
"내호흡 질식사에 해당하는 소견이 있으니 할 말이 많을지언정 내줄 수밖에 없을 겁니다. 파란고리문어도 빼박 증거고요."
"우와, 파란고리문어… 고인에게 할 말은 아니지만 아들에게는 구세주네요."
"그러네요."
창하가 쓸쓸히 웃었다.
자신의 목숨을 바쳐 아들의 재기를 도우려던 아버지. 어쩌면 파란고리문어의 등장도 하늘의 뜻으로 보였다. 아들과의 만찬을 구하는 아버지에게 희귀한 맹독성 문어를 내려줌으로써 하루 차이로 헛된 주검이 될 시도를 돌봐준 것이다.
"후어엉!"
사인을 통보받은 아들은 아버지 시신 위에 무너졌다. 이 얼마나 기막힌 반전인가? 이 얼마나 가슴 아픈 아버지의 정인가? 울 수도 웃을 수도 없는 아들은 마른 통곡을 삼키며 부검실을 나갔다.

"선생님."

나름 개운하게 끝난 부검, 하지만 원빈과 광배의 표정은 아까부터 울상이었다.

"왜요? 무슨 일 있어요?"

"그게… 뒤쪽요."

원빈이 턱짓을 하니 창하가 돌아보았다.

"아!"

그제야 알았다. 거기 정병권이 도착해 있었다. 나중에 알았지만 두 시간도 넘은 상태였다.

"총리님."

손을 씻은 창하가 부리나케 복도로 달렸다.

"죄송합니다."

"무슨 말씀… 일 없는 내가 와서 부검을 방해한 건 아닌지……"

총리가 손을 내밀었다. 그도 부검복 차림이었다.

"별말씀을요, 원래 일찍 끝나는 부검인데 제가 부족하다 보니 늦었습니다. 게다가 총리님이 오신다는 것도 까맣게 잊어버리고… 죄송합니다."

"아뇨, 보기 좋았습니다. 그래서 소장님과 과장님이 잠깐 불러내 준다는 걸 막았습니다. 시신의 일가친척들이 장례식장에서 기다린다던데 제가 뭐라고……."

"총리님."

"이제는 총리가 아니고 그저 후보입니다."

"아, 죄송합니다."

"아들에게 보험금을 주려고 자살한 시신이라면서요? 하루 차이로 보험금을 못 받게 되었는데 이 선생이 독극물사를 밝혀서 보험금을 타게 되었다고요?"

"예."

"사람의 귀한 목숨을 돈 따위에 비교해서는 안 되지만 불행 중 다행이네요. 고인의 죽음이 헛된 것은 아니게 되어서."

"후보님의 방문이 도움이 되었나 봅니다."

"천만에요. 내가 이 선생을 모르나요? 늘 자신의 자리에서 작은 가능성도 허투루 생각지 않고 임하는 자세, 이 사람의 국정 철학에도 귀감이 되고 있습니다."

"고맙습니다. 들어가시죠."

부검 환경을 돌아보기로 되어 있었던 정병권. 창하와 광배의 안내로 부검실 견학에 나섰다. 부검대와 도구, 장비를 하나하나 살피는 정병권. 카메라가 따라 들어오니 창하와도 찍히고 광배와도 찍혔다. 창하가 부검 도구와 장비의 설명을 광배에게 맡긴 것이다.

그건 너무 당연한 일이었다. 부검실의 지휘 감독은 창하가 하지만 그것들의 관리는 광배가 맡아왔다. 그러니 이런 자리라고 해서 광배의 공을 가로채고 싶지 않았다.

"여보, 나 오늘 텔레비전에 나올지 몰라."

설명이 끝난 광배는 구석으로 달려가 사모님에게 자랑하기에 바빴다. 보기가 좋았다.

다음 차례는 검시관들 전체와의 다과회였다. 소장실에서 이뤄졌다. 여기 제공되는 커피는 창하가 내렸다. 정 후보의 요청이었다.

"이 선생님."

방문 일정이 끝난 차량 앞, 정병권이 창하 손을 잡았다.

"이 사람이 부탁 하나 드려도 되겠습니까?"

"말씀하시죠."

"제가 총리직 사퇴하고 난 후에 일본을 다녀왔지 않습니까?"

"……."

"이 선생 생각이 나길래 일정 중에 총리실 국가공안위원회 위원장과 함께 일본 과학경찰연구소에 들렀습니다. 우리 국과수에 해당되는 곳인데 시설이 좋더군요."

"예……."

"그날 저녁 일본 총리 공식 방문 후에 10여 분 사담이 있었는데 특별한 요청을 하나 받았습니다."

"특별한 요청이라면?"

"보시다시피 제가 대통령 후보의 입장이라 당장은 나서기 곤란하다 했더니 다리만이라도 놔달라고 하더군요."

"……?"

"이 선생님의 일본 파견 요청이었습니다. 그쪽도 선생님의 위명을 알고 있더군요."

"사건입니까?"

"그런 것 같았습니다. 쉬쉬하는 눈치라 호텔에 돌아와 일본 통들에게 물으니 얼마 전부터 일본 만화에나 나올 법한 사건들이 벌어지고 있다고 합니다."

"혹시 우리의 미궁 살인과 같은?"

짐작 가는 곳이 있는 창하, 정 후보의 설명을 질러 나갔다.

"확답은 못 들었지만 그런 것 같습니다. 특히 여섯 살짜리 아이의 사건이 일본인들 사이에 회자되고 있더군요."

"심장 적출입니까?"

"그 또한 짐작뿐입니다."

"……"

"어떻습니까? 이 선생님이 좀 도와주실 수 있겠습니까? 제 사건으로는 현재 우리나라가 일본과 최악이지만 언젠가는 개선해야 할 일. 이런 일로 덕을 쌓아두면 저들이 숙이고 들어오는 계기가 될 수도 있습니다. 나아가 한국 국과수의 우수성을 떨치는 일도 되겠고요."

"무엇을 도와달라는지 알아야 결정을 할 것 같습니다."

"그러세요. 제가 연락하면 근간 찾아올 것입니다. 그만큼 절박한 상황 같았습니다."

"그럼 만나보고 보고드리죠. 공적인 파견이라면 저희 조직의 허락도 필요하고요."

"그러시죠. 이 선생의 판단이 나오면 제가 측면 지원을 하겠습니다. 아시다시피 제가 여당의 후보니 국익에 도움이 되는 일에는 영향력을 미칠 수 있거든요."

"알겠습니다."

"저는 이 선생만 믿습니다."

"유세가 힘드실 텐데 건강이나 각별히 챙기시기 바랍니다."

"그렇잖아도 슬슬 지쳐가던 참이었는데 이 선생을 보니 기운이 확 오르고 있습니다. 이 선생이 제 에너지 창고인가 봅니다."

"과찬이십니다. 부검이 늦어 바쁜 스케줄을 엉키게 했으니 황공할 뿐입니다."

"무슨 말씀, 이 사람이 세 배, 네 배로 뛰어 취임식 때 꼭 이 선생을 초대할 생각입니다."

"그렇게 되시기 바랍니다."

"그럼……."

인사를 남긴 정병권이 차량에 올랐다.

"으아, 우리 이 선생님, 차기 국과수 원장 되는 거 아닙니까?"

샤워실 앞에서 원빈이 몸서리를 쳤다.

"무슨 그런 말씀을?"

창하가 주의를 환기시켰다.

"왜요? 정 후보님이 압도적인 1위 달리잖습니까? 게다가 우리 국과수에 이렇게 관심이 많으시니 저는 무조건 정 후보님 찍을 겁니다."

"우 선생님."

"부검은 선생님 지시에 절대복종이지만 투표는 제 마음이거든요. 절대 말릴 생각 마십시오."

"……"

"그리고 빨리 샤워하시고 퇴근 준비 하세요. 천 선생님이 본원 주사님하고 기다리고 계십니다."

아차!

머리에 불이 번쩍 들어왔다. 총리의 방문만 잊고 있는 게 아니었다.

촤아아!

서둘러 샤워를 했다. 시취는 강하다. 검시관과 어시스트들끼리는 잘 모르지만 타인은 스쳐만 가도 기절 모드에 들어가는 시취. 그래도 오늘은 수월하게 닦이는 편이었다.

큼큼?

냄새 탈취제까지 뿌리니 완벽했다.

끼이!

창하가 문을 열고 들어섰다. 옛날 국과수 자리에 있는 광배의 단골집이었다. 동그란 드럼통 테이블에 두 사람이 앉아 있었다. 본원의 장학수와 광배였다.

"어서 오십시오."

벌떡 일어선 장학수가 창하를 맞았다.

제2장
—
미스테리 퍼즐

"고맙습니다."

나이 많은 그가 먼저 꾸벅 고개를 숙였다.

"아닙니다. 일단 앉으시죠."

창하가 자리를 권했다. 지나치게 환대를 하니 부담이 되는 것이다.

"덕분에 한시름 놓았습니다."

"……"

"솔직히 사촌 동생 전화받고 얼마나 황당하던지요. 작은아 버지가 돌아가신 것만 해도 그런데 자살에, 게다가 보험금은 하루 차이로 못 받게 되다니……."

"……"

"한동안 정신을 못 차리고 있었지만 어쩌겠습니까? 동생을 위로하고 장례는 제가 진행하기로 했었습니다. 이 친구가 장례조차 치를 형편이 아니거든요."

"예."

"그런데 이런 반전이라니… 사람 죽은 게 가장 중요한 일이지만 작은아버지는 이미 죽은 목숨, 당신이 원하던 대로 아들이라도 살리게 되었으니 눈은 제대로 감을 것 같습니다."

"다행이네요."

"다 선생님 덕분입니다. 실은 제가 오기 전에 본원 선생님들에게도 시신 사진 보여 드렸거든요."

"……"

"다들 고개 흔들더라고요. 100% 의사이니 부검이나 간단히 끝내는 게 좋겠다고……"

"예……"

"그랬는데 문어의 맹독… 선생님이 저희 작은아버지도, 우리 사촌 동생도 살린 겁니다."

"실은 저도 좀 착잡합니다. 이걸 웃어야 할지 울어야 할지……"

"사촌 동생이 장례식장으로 가면서 신신당부를 하더군요. 선생님 은혜는 죽어도 잊지 않겠다고 전해달라고요."

"잊지 말아야 할 건 돌아가신 분의 마음이겠죠."

"물론입니다. 그 양반 참……."

장학수 눈에서 눈물이 흘러내렸다. 인생 50이 되면 고달픔이 뭔지 안다. 생과 사의 무게도 안다. 길게 늘어진 황혼 길에 빈손만 남은 목숨. 자식의 재기를 위해 목숨을 내놓는 마음이 오죽할까?

"자자, 그만하고 한잔들 하자고요. 기분도 그런데……."

침묵하던 광배가 술을 부어주었다. 창하도 한 모금을 마셨다.

"어때? 우리 이 선생님?"

광배가 장학수의 평을 유도한다.

"본원에도 이 선생님 소문이야 자자하지. 하지만 솔직히 한 귀로 듣고 한 귀를 흘려보냈어. 그런데 직접 겪고 보니 알겠군. 왜 이분이 국과수 에이스이자 망자들의 명의로 불리는지……."

"아까 정 후보님 오신 거 못 봤나? 원장님이 잘나갈 때도 그 정도는 아니었을걸?"

"그렇지. 그때 온 사람이라야 경찰청장이었으니까."

두 사람은 반말이다. 그만큼 막역하다는 뜻이었다.

"우리 이 선생님 고맙지?"

"당연하지. 내 평생 잊지 않을 걸세."

"아니, 입으로 그러지 말고 행동으로 옮겨봐."

"그럼 어디 비싼 데로 모실까?"

"그보다는 실용적인 게 좋겠지. 실은 우리 이 선생님이 뭐 좀 궁금한 게 있으시다네."

"나한테?"

"방성욱 과장님 알지?"

"그… 미국에서 오셨던 분?"

"그래. 이 선생님이 그분 히스토리가 필요하시대."

"히스토리 뭐?"

"이제 직접 말씀하시죠. 이 친구는 믿을 만합니다. 게다가 오늘 그런 일까지 더해주었는데 선생님 뒤통수치면 제가 그냥 안 둘 겁니다."

우정 어린 협박을 날린 광배, 창하에게 발언권을 넘겼다.

"뭐가 필요하십니까? 제가 아는 거라면 뭐든 다 말씀드리죠."

장학수가 창하를 바라보았다.

"실은 제가 그분의 부검 술식을 사표로 삼고 있습니다. 미국의 지인을 통해 그분 자료도 많이 받았고요. 그러니까 직접… 뵌 적은 없지만 제 스승과 다를 바 없죠."

"아, 네……."

"알고 보니 그분이 한국에서 너무 어이없이 돌아가셨더군요. 에볼라 바이러스……."

"그렇죠. 차츰 기억이 납니다. 그때 국과수가 난리였죠. 여러 사건이 많은 해거든요."

"그때 상황을 좀 자세히 알고 싶습니다. 에볼라 바이러스는 한국에 흔한 게 아니거든요."

"구체적으로 어떤 게 필요하신지요? 제가 부검 쪽 업무는 말로만 들어서……."

"일단 석태일 센터장님 말입니다. 방 과장님과 어땠는지 아시는 대로 말씀해 주시죠."

"센터장님이라면……."

잠시 생각하던 장학수가 말을 이어갔다.

"두 분은 사이가 썩 좋은 편이 아니었죠. 특히 석 선생님… 당시 방 과장님 때문에 곤란한 적도 많았거든요. 행정직들 붙잡고 읍소하던 적도 있었습니다."

"그런데 지금은 어떻게 센터장님이 2인자가 되었을까요?"

"글쎄요, 거기에 대해서는 본원에서도 말이 많았는데 방 과장님이 사고를 당한 후에 공을 세우면서 그 보상 차원에서 중용된 게 아닌가 하는 풍문이 있었습니다."

"공이라면?"

"예, 그때 그런 일이 좀……."

장학수가 말문을 흐렸다.

"다른 풍문은요?"

"그건……."

"이 친구야, 도와드리려면 화끈하게 도와드려. 어중간히 발걸치지 말고."

광배가 지원사격을 날렸다.

"실은 그 당시에 센터장님이 어려운 사건의 총대를 멘 적이 있습니다. 그로 인해 소장님이 경찰청장 눈도장을 받았고 그때부터 두 사람이 바늘과 실이 되었다고……."

"총대라면?"

"그 사건 말하는 거야?"

광배가 대화를 타고 들어왔다.

"그래. 치안정감 투신자살 건……."

"그게 뭐죠?"

창하가 광배를 바라보았다.

"그게… 당시 톱스타 한 놈이 경찰청 고위 간부를 끼고 강남에서 성매매 클럽을 운영하고 있다가 발각이 났거든요. 그때 경찰청장도 연루가 되었다는 말이 돌면서 경질 소문이 돌았어요. 경찰청 감사 팀이 명예를 걸고 모든 사실을 밝히겠다고 수사에 착수했는데 치안정감이 투신자살을 했죠. 부검이 국과수로 들어왔는데 석태일 센터장님이 맡았어요. 사인이 투신자살로 밝혀지면서 수사가 일단락되었고 경찰청장은 자리를 보전했죠. 우연인지 모르지만 그 후로 소장님과 석태일 선생은 승승장구하게 되었고요."

"방 선생님 사건과 간극이 어떻게 되나요?"

창하가 물었다.

"방 과장님 에볼라 걸린 지 이틀 정도 되지?"

장학수가 광배에게 확인을 구했다.

"맞아. 그때 부검을 하네 마네 하다가 온 거라서 시간이 좀 걸렸지. 그 부검 후로 빌빌거리던 석태일 선생의 운발이 터졌고. 소장의 총애도 받기 시작해, 기 못 펴던 방 과장 죽어……."

"그때 부검 배정은 누가 담당하고 있었나요?"

"그때는 행정직들이 맡기도 했죠. 저도 업무 대행으로 잠깐 했던 적이 있으니까요. 어디 보자. 방 과장님 계실 때면……."

손가락을 짚어가던 장학수가 카운트를 멈췄다.

"아, 박태휘 주임이었네요. 당시 내무부에서 내려왔던 행정직 7급……."

"지금도 근무하나요?"

"그 양반은 얼마 있지 않다가 내무부로 돌아갔어요. 당시 내무부에서 국과수 오면 거기서 사고 쳤거나 승진에 밀려서 버린 자식 취급받았는데 좀 특이한 케이스였지요."

"그럼 지금의 행안부?"

"예, 서기관 달고 과장 하고 있다는 말 들었습니다. 곧 퇴직하겠지만요."

「박태휘, 행안부 4급 서기관」

좋은 단서가 보태졌다.

장학수는 작은아버지 장례를 치러야 하니 오래 잡지 않았다. 그래도 창하에게는 큰 소득이었다. 방성욱 사인을 밝히기 위한 자료들이 대략 수집된 것이다.

'누구 신세를 진다?'

장혁과 채린의 얼굴이 동시에 떠올랐다. 수사는 그들의 몫이다. 부당한 커넥션을 밝히는 것도 창하보다 그들이 유리했다.

석태일이 부검을 맡았다던 치안정감의 부검.

창하의 고개가 갸웃 기울었다. 아무리 생각해도 부검 정보자료실에는 그런 자료가 없었던 것.

'내가 빠뜨린 건가?'

그럴 수도 있었다. 하지만 이건 제대로 짚고 넘어가야 했다. 경찰청장이 거명되는 사건의 부검이 어째서 석태일에게 배정되었을까? 그리고 그 부검 결과는 신뢰할 만한 것이었나?

이것만은 장혁이나 채린에게 부탁할 일도 아니었다.

'치안정감 건이라……'

창하의 마음은 어느새 부검 정보자료실로 가 있었다.

석태일의 치안정감 파일.

NFIS 안에 없었다. 어떤 방식으로 뒤져도 결과는 마찬가지였다.

석태일.

그는 이제 명실공히 국과수 부검의들의 총사령탑이다. 소장

보다 위쪽이고 원장보다 한 계단 아래쪽이다. 조선시대로 치면 일인지하 만인지상인 것이다. 그렇다면 치부의 흔적 정도는 얼마든지 없앨 수 있었다. 그래서 비밀스레 폐기해 버린 것일까?

"한나 씨."

정보자료실의 터줏대감 한나의 도움이 필요했다.

"뭐 도와드려요?"

"매일 와도 매번 헤맵니다."

"말씀만 하세요."

"추락사 부검 자료가 좀 필요한데… 도움이 될 만한 게 없네요."

"추락사라면 현두그룹분 것이 유명한데 그거 찾아드려요?"

"그건 벌써 봤습니다."

"그럼 뭐가 도움이 될까요?"

"혹시… 이 안에 없는 건 본원에 있을까요?"

"아뇨. 서울 사무소에서 실시된 부검은 이 안에 다 있어요. 부득이 소실되거나 누락된 것 말고는……."

"지난번에 설명한 그 조건에 해당되지 않는 것들은요? 영영 볼 수 없는 건가요?"

"아마 그럴 거예요."

"그럼 예외 같은 건 없나요?"

"예외가 있기는 하지만……."

한나가 말끝을 흐렸다.

"어떤 거죠?"

창하가 그걸 놓치지 않는다.

"드문 일이지만 수사기관에서 가져가서 돌려주지 않을 때가 있었어요. 옛날에는 수사관들이 아예 찢어 가는 경우도 있었고요."

"그런 건 어떻게 확인하죠?"

"음… 다른 사람은 몰라도 선생님은 가능할 수도 있겠네요. 검찰하고 경찰청에 아는 분이 많으시니……."

"어떤 과정을 거치죠?"

"증거서류 제출철이나 열람 기록 확인하면 되겠죠. 하지만 열람 기록은 종종 누락되는 게 있어요. 굉장한 사건 수사할 때면 영장 집행하는 분들이 우르르 몰려오는 적도 있었으니까요."

"그 기록이 남았을까요? 서고에 가보니 5년 넘은 건 죄다 폐기하고 없던데?"

"그럼 지하에 가보세요."

"지하요?"

"비품실 옆에 보면 옛날 서류들 쌓아놓은 박스들이 있어요. 예전에 데이터베이스 구축하면서 혹시 몰라서 보관 중이었는데 아직 있을 거예요. 제가 같이 찾아드려요?"

"아뇨. 보나 마나 먼지투성이일 텐데 그럴 수 있나요? 제가 시간 나는 대로 찾아보죠 뭐."

대충 둘러대고 나왔다.

일단 배정된 부검부터 실시했다. 혼자 살던 노인이 죽은 케이스였다. 질식사였다. 그러나 그 원인 물질이 창하를 황당하게 만들었다. 기도를 막고 있는 건 부분 틀니였다. 하긴 어린 아이들의 경우에는 아몬드 한 알로 질식해 죽는 경우도 있었다.

질식에 사고사 결과를 내주고 지하실로 향했다.

'방 선생님.'

가는 길에 방성욱을 처음 만났던 방 앞에서 멈췄다. 무심했다는 생각이 들었다. 미궁 살인범이 우선이었다지만 그의 비원을 묵혀 버린 것이다.

백택의 메스를 꺼냈다.

선생님.

이제야 선생님의 사인 분석에 돌입했습니다.

본원 원장님과 석태일 센터장님…….

의심의 갈래가 거기서 멈췄습니다.

그러나 알 수 없죠. 그분들이 아니라 제3자의 소행이었을지.

아무튼 조금만 기다려 주세요.

지금 사인을 찾으러 갑니다.

딸각!

지하실의 문을 열었다. 곰팡이와 낡은 종이 냄새가 훅 끼쳐
왔다. 박스는 구석에 있었다. 생각처럼 단정하지는 않았다. 일
부는 각도를 돌려서 생산 연도를 확인해야 했다. 하긴 생산
연도 따위는 도움이 되지 않았다. 박스를 열어보니 겉에 적힌
것과는 다른 서류들이 많은 것이다.

아예 박스 한 덩어리를 깔고 앉았다. 다음 부검까지는 1시
간 남짓. 어정쩡하게 살피면 먼지만 먹을 수 있었다.

첫 박스는 허탕이다. 그래도 두 번째는 희망을 갖게 했다.
수기로 적은 과거의 부검 자료들이었다. 날짜도 근접했다. 두
어 달 전의 자료가 나오자 창하가 잠시 흥분했다. 하지만 치
안정감의 것은 없었다. 그것만 쏙 빠진 것이다.

세 번째 것은 그냥 지나치려 했다. 그것들은 죄다 복사본들
이었다. 서류 자체의 분류도 막장 짬뽕이었다. 기기 도입부터
건물 보수 견적서, 심지어는 직원들 포상 상신 서류까지 뒤범
벅이다. 혹시 몰라 주르륵 넘겨가며 탐색하던 창하, 다른 종이
에 붙어서 넘어간 복사본에 시선이 꽂혔다.

서류를 고쳐 잡고 찬찬히 넘겼다. 문제의 복사본이 나왔다.

'오 마이 갓.'

창하가 탄식을 토했다. 창하가 찾던 서류였다. 치안정감의
부검 메모와 부검 결과서 복사본. 잡동사니 서류 속에 숨은
걸 기어이 찾아낸 것이다.

'후우.'

숨을 돌리고 먼지부터 털었다. 매캐한 냄새가 코를 쏘지만 개의치 않았다.

「변숭재」

치안정감의 이름이다. 경찰청에서는 차장 정도에 해당하는 초고위직. 오래전에 끝난 부검 속으로 창하가 들어섰다.

사망 장소는 경찰청이었다. 15층이다. 차장방이 아니라 회의실이었다. 반개폐식인 이 창문은 굉장히 작았다.

「사망의 종류―자살」

이름 아래의 사인에 밑줄이 그어져 있다. 한두 번도 아니다. 볼펜으로 십여 차례 그었다. 15층 투신이지만 출혈은 거의 없었다. 추락과 거의 동시에 사망했다는 뜻이다.

가능한 일이었다. 추락한 바닥이 평평한 까닭이다. 이런 조건에서는 많은 출혈이 나오지 않을 수도 있었으니 인체를 이루는 교원섬유와 탄력섬유의 마법이었다.

일단 사고 현장 기록부터 검토한다. 추락 장소와 지면의 추락 궤적은 문제가 없었다. 이어 외표 기록을 살펴본다.

「두개골 함몰 골절」

주요 사인의 메모도 보였다. 두개골의 충격으로 두개골 저부가 경추 쪽으로 내려앉았다. 그 충격이 척주와 상부 척추로 내려가면서 골절에 장기 일부가 터졌다. 추락사는 본래 손상이 심각하다. 출혈이 없는 것은 상관없지만 다발성 손상까지 없다면 타살의 가능성이 높아지는 것. 이 경우는 다발성 손상이 나왔으니 타살의 의심은 낮아졌다.

하지만 의문점도 나왔다. 손상을 고려하면 치안정감의 추락은 머리부터 닿았다.

머리부터 추락.

머리가 무거우니 머리부터 추락하는 건 당연할 수 있다. 그런데 이게 왜 의문일까? 이유가 있다. 고층 추락사의 경우는 상상과 달리 다리부터 추락한다. 만일 머리부터 떨어졌거나 옆으로 떨어졌다면 자살이 아니라 사고사, 혹은 타살일 가능성이 생긴다. 이건 추락사를 많이 경험하지 않은 부검의들이 빠질 수 있는 함정이었다.

"……!"

외표의 마지막 개가는 허벅지 뒤에서 나왔다. 오른 팔뚝에 이어 허벅지 뒤쪽에도 쏠린 듯한 찰과상 기록이 있는 것이다.

「오른 팔뚝 후방 찰과상, 넓이는 1.2cm」

「왼 허벅지 뒤쪽 찰과상, 넓이는 1.6㎝」

머리부터 추락한 자살 시신에 팔뚝과 허벅지 뒤쪽의 쏠린 찰과상.

시신 내부의 처참함을 생각하면 무시할 수도 있는 기록이다. 그렇기에 추락사의 소견이 나간 것이다. 하지만 의심의 눈으로 보면 다른 그림이 나온다.

반개폐식 작은 창문의 투신 장소. 머리부터 나가야 한다. 그러나 허벅지 뒤의 찰과상을 고려하면 가슴이 아니라 창틀에 등을 대고 나갔다는 추론이 가능하다. 그렇기에 팔뚝 후방과 허벅지 후방에 찰과상이 생긴 것이다.

타살 내지는 누군가 밀어낸 것?

이 의심이 완성되려면 등 쪽에 창틀의 압박흔이나 상처가 나와야 한다. 그렇게 되면 추락사가 아니라는 가정이 성립된다.

"……!"

미친 듯이 복사본을 넘기던 창하 눈에 흑백사진들이 들어왔다. 본래는 컬러사진이지만 A4에 복사를 함으로써 흑백이 되어버린 부검 사진들. 등짝 사진 역시 조악한 프린터 토너와 잡티 때문에 정밀 판독이 불가능했다.

어쩐다?

창하가 고민에 빠졌다.

＊　　　　＊　　　　＊

"어머, 선생님."

화면에 골똘하던 수아가 시선을 들었다.

"이거요."

창하가 내민 건 멜로우 크림 라떼였다.

"웬 거예요?"

"뇌물이죠."

창하가 머쓱하게 웃었다.

"으음, 받기 겁나는데요? 혹시 또 저번 미궁 살인 CCTV처럼 초고난도 부탁?"

"그보다 더 어려울지도 모르겠네요."

"선생님."

수아가 울상을 짓는다.

"네?"

"왜 꽃길 놔두고 어려운 길만 다니세요? 지금만 해도 선생님 부검은 대한민국 넘버원인데?"

"누가 그래요?"

"국과수 직원들이요, 그리고 국민들이요. 아니, 대통령 후보자도 인정하는 거잖아요?"

"제일 중요한 게 빠졌잖아요?"

"뭔데요?"

"저 자신요."

"……?"

"저는 아직 만족할 수 없거든요. 저는 여전히 초짜 부검의 라고요."

"아우, 그럼 다른 검시관 선생님들은 어쩌라고요?"

"쉬잇, 그러니까 비밀로……."

"나 참."

수아가 헛웃음을 지었다. 그런 다음 라떼를 받아 들고 한 모금 넘긴다.

"접수하신 거네요?"

"어쩌겠어요? 차기 원장님이 되실지도 모르는데……."

"죄송하지만 저는 국과수 원장 될 자격도 없지만 생각도 없습니다."

"왜요?"

"그보다 큰 꿈이 있거든요."

"궁금한데요?"

"나중에 잘되면 유 선생님도 스카우트할 겁니다. 꼭 와주셔야 합니다."

"나중 얘기는 나중에 하시고 오늘 얘기나 하죠. 대체 뭐예요?"

"이겁니다."

창하가 복사 서류를 내밀었다.

"부검 사진이네요?"

"예. 그런데 복사본밖에 없어서요."

"이걸로 뭘 하시게요?"

"등쪽 말입니다. 혹시 창틀 자국이 있는 건지 알고 싶어서요."

"선생님."

수아가 한숨을 쉰다. 창하도 예상한 일이었다. 흑백사진이라고 해도 어려울 일이었다. 그런데 복사기를 거쳐 나온 걸 주면서 분석을 하라니?

"이거 해줄 사람, 유 선생님밖에 없습니다."

"토너에, 잡티까지 엉망이잖아요? 여기 난 줄은 복사기에서 나온 건지 시신 자체의 것인지 알기 어려워요."

"그래서 지금 뇌물 쓰고 있잖습니까?"

"허얼."

"안 될까요?"

"저 라떼 게워놓을래요. 이건 분석의 가치가 없어요. 신뢰성도 담보할 수 없고요."

"유 선생님."

"죄송해요."

"……"

"……"

잠시 침묵이 흐른다. 창하 시선은 복사본 위에 있었다. '진하게'를 누르고 복사했는지 전체적으로 진하다. 등짝의 음영도 강렬하다. 답답한 마음에 들고 왔지만 이해할 수 있는 일이었다.

"미안합니다. 제가 꼭 필요한 일이다 보니……."

인사를 하고 돌아섰다. 그녀가 안 된다고 하면 안 되는 것이다.

문광조.

변숭재.

두 시신이 눈앞에 있다면 얼마나 좋을까? 설령 뼈만 남았대도 좋았다. 그렇기만 하면 어떻게라도 해볼 수 있을 것 같았다. 하지만 남은 건 복사기에서 나온 복사본뿐이었다.

'푸우.'

한숨을 쉬며 의자에 앉았다. 그러고 보면 부검의 적이 너무 많았다. 권력이 그랬고 재력이 그랬고 친분이 그랬다. 심지어는 지금처럼 세월도 한몫 거들고 있었다.

띠롱따롱!

티백을 우릴 때 전화기가 울렸다.

─선생님.

유수아였다.

─잠깐 와보시겠어요?

그녀의 목소리가 튀었다. 혹시나 싶은 마음에 한달음에 달려갔다.

"……!"

거기서 창하 얼굴이 굳어버렸다. 낭보가 나온 것이다.

"이거 맞죠?"

그녀가 책상 위에 올려놓은 것, 놀랍게도 변승재의 부검 사진이었다. 그 등짝 부분이었다. 복사본의 그림과 똑같았다.

"유 선생님?"

흥분한 창하가 그녀를 바라본다. 이게 대체 어디서 떨어졌단 말인가?

"퇴직한 사진 담당 선배가 물려주고 간 데이터가 있거든요. 필요한 것만 골라 보고 처박아두었는데 혹시나 싶어 찾아봤어요. 그랬더니 이 사진이 끼어 있더라고요. 어떤 이유인지 반환하는 걸 잊었나 봐요."

"……!"

그녀의 설명은 귀에 들어오지 않았다. 창하는 오직 몰입이었다. 사진은 좀 낡았다. 그래도 복사본을 보다 원본 사진을 보니 눈이 정화되는 느낌이었다.

「변승재」

사진 뒤에 붙은 스티커에 출처와 이름이 또렷하다. 두 번을 보고 세 번을 봐도 변하지 않았다.

"유 선생님."

"어우, 좋아하시는 것 좀 봐. 부검이 그렇게 좋으세요?"

"당연하죠. 고맙습니다. 정말 고맙습니다."

"뭐 라떼값은 해야죠."

"그런데, 사진은 이것뿐입니까? 다른 건 없나요?"

"몇 장 더 있더군요. 바로 요것."

수아가 사진을 추가했다.

"……."

창하 머리가 쭈뼛 솟구쳤다. 손톱을 찍은 사진과 팔뚝 뒤쪽 사진, 나아가 허벅지 뒤쪽의 찰과상 사진이었다. 창하에게 의심의 단초를 제공했던 것들. 그것들이 고스란히 나온 것이다.

"보세요. 등쪽……."

수아가 화면을 띄워놓았다. 창하의 마음까지 읽어내는 유수아. 염치 불고하고 화면부터 바라보았다.

등 쪽을 가로지른 멍 자국…….

'윽!'

틀림없이 창틀에 눌린 자국이었다. 창하 머리에서 안개가 시원하게 걷혀 나갔다. 이건 자살이 아니었다. 타살까지는 몰라도 최소한, 강제된 자살 내지는 다툼이 의심되는 그림인 것이다.

'석태일 센터장…….'

부검 서류를 떠올렸다. 서류의 언급과 달랐다. 사진의 가로
멍은 선명하고 깊지만 부검 서류에는 '뛰어내리기 전에 살짝
눌린 자국' 정도로 넘어가 버린 것이다.

"그런데……."

수아를 돌아본 창하, 뒷말을 이어놓았다.

"선배라는 분은 어떻게 이걸 가지고 있었을까요?"

"그게 문제가 있는 자료인가요?"

"문제가 될 수도 있는 자료죠."

"그럼 건망증이겠네요."

"건망증요?"

"그분이 정년을 앞두고 좀 깜빡깜빡하셨거든요. 그래서 폐
기할 사진을 잊어버린 모양이죠. 뒤지다 보니 그분 여권도 들
었더라고요."

수아가 낡은 여권을 흔들었다. 유효기간이 수없이 지나간
여권이었다.

"외국은 딱 한 번 가셨네요? 이윤배, 유럽 13박 15일."

여권을 보며 창하가 말했다. 까마득한 24년 전의 일이었다.

"그러게요. 한 번 간 것치고는 제대로죠? 이분, 굉장한 좀팽
이라던데 유럽은 어떻게 갔는지 모르겠어요."

"혹시 이분… 본원 센터장님하고 친하셨나요?"

"어머, 그건 또 어떻게 아세요?"

"진짜 친해요?"

"그렇다고 들었어요."

"……."

"선생님……."

"아, 그냥 한번 물어본 겁니다. 아까 말씀드린 대로 이건 유 선생님과 저만 아는 비밀입니다."

"그건 마음에 드는데요? 선생님과의 비밀이라니……."

"사진은 제가 좀 쓸게요. 다시 한번 고맙습니다."

인사를 챙기고 복도로 나왔다.

'아싸!'

쾌재가 절로 나왔다. 방성욱의 사인 규명에 한 발 더 다가 서는 창하. 앞뒤 잴 것도 없이 장혁에게 전화를 때렸다.

"검사님, 죄송하지만 저녁에 시간 좀 될까요?"

"저한테 시킬 일 있으시죠?"

약속 장소에 도착하자 장혁이 먼저 물었다.

"어, 귀신이신데요?"

"아니면 왜 연락하셨겠습니까? 늘 바쁘신 분이……."

"바쁘기로 치면야 검사님이 더……."

"뭐든지 접수합니다. 말씀해 보세요."

"음… 그렇게 전격적으로 나오시니 괜히 미안해지는데요?"

"저도 신세 진 것 많잖습니까? 게다가 선생님이 사심으로 부탁하는 분도 아니고……."

"하지만 좀 어려운 건입니다."

"각오하고 있습니다."

"그럼 염치 불고하고……."

창하가 서류 몇 장을 꺼내놓았다. 문광조와 변숭재 치안정감 부검 건이었다.

"이게 굉장히 오래된 부검입니다."

"어떤 문제인가요?"

눈치 빠른 장혁이 먼저 묻는다. 창하의 부담을 줄여주려는 것이다.

"우선은 이 문광조라는 사람의 신원을 좀 알고 싶습니다. 간단히 말씀드리면 당시 검시과장으로 있던 분이 이 사람 시신을 부검하다가 에볼라에 감염되었는데 그게 워낙 황당해서 말이죠."

"신원만 알아보면 됩니까?"

"어? 이유는 묻지 않습니까?"

"그건 더 들어보고 판단하죠."

"한 가지 더 있는데… 이건 말을 해야 할지 말아야 할지……."

"기왕 시작한 거니까 진행하세요."

"방금 말씀드린 문광조는 부검대에 오른 사람이고요, 그걸 배정한 사람이 박태휘입니다. 현재 행안부 서기관이라던데……."

"거긴 뭘 체크하죠?"

"뭐든지 될까요?"

"그것도 들어보고 결정하겠습니다."

"이분이 이 부검을 배정한 이유요. 듣기에는 이걸 배정한 후로 초고속으로 행안부 유턴을 했다고 하더군요."

"대가성 배정이나 모종의 압력이 있었나 체크하시려는 거군요?"

"예……."

"20여 년 전 일이면 그냥 체크해서는 나오는 게 없을 겁니다."

"그럼?"

"부검이 쟁점입니까? 아니면 누군가 부검 조작을 하고 있다고 판단하시는 겁니까?"

"그 부검으로 방성욱이라는 사람이 에볼라에 감염이 되어 사망합니다. 그분과 함께 부검하던 어시스트도요. 에볼라라는 게 우리나라에 흔하지도 않을뿐더러 방성욱 과장님에게 배정된 경위가 석연치 않아서요."

"의도적으로 배정한 거라면 살인이 되는군요?"

"그렇습니다. 시간이 많이 흘렀는데 처벌이 가능한가요?"

"2007년 법 개정 전에 자행된 범죄는 공소시효가 15년이었죠. 1994년의 일이니 15년이 훌쩍 지나 처벌이 불가능하지만 다행히 2015년에 사형의 공소시효는 폐지되었고 2007년까지 15년이 경과하지 않았으니 2015년 법의 규제를 받습니다."

"그건 희소식이군요."

"부검으로 시작하시는 걸 보니 관련자가 국과수 내의 사람 같은데 맞나요?"

"예."

"2여 년 전의 일이면 국과수에서 고위직 공무원일 거 같고……."

"혐의자는 국과수 1인자와 2인자로 불리는 사람입니다."

"……!"

장혁의 눈빛이 출렁거렸다. 1인자라면 당연히 국립과학수사원 본원 원장이었다.

"선생님."

"지난번에 지한세 선생 사건도 있고 해서 부끄럽습니다만 아무래도 짚고 넘어가야 할 사안입니다."

"고민 많이 하셨겠군요."

"……."

"알겠습니다. 그럼 오래 끌 수도 없을 테니 선생님이 생각하는 용의점을 말해보시죠. 그래야 조사가 빨라질 테니까요."

"제 생각은……."

창하가 설명을 시작했다. 미국에서 온 방성욱. 조직 확대를 앞두고 그를 견제하던 토종 검시관들. 용의선상에 올려둔 센터장의 의문점. 결국 방성욱 내정설이 돌던 조직 확대 개편의 원장 자리는 다른 사람에게, 석태일은 2인자로 군림하며 묻혀

간 사건……

마무리는 사진이었다.

경찰청 변숭재 치안정감의 투신자살 부검.

그러나 자살로 보기에 석연치 않은 손상들…….

"선생님 생각이 적중한다면 굉장한 사건이 되겠군요. 국과
수를 좌지우지할 수 있는 자리의 경찰청장이 언급되던 뇌물
비리 사건. 만에 하나 궁지에 몰린 경찰청장이 치안정감의 입
을 막고 구병우 원장에게 부검 조작을 지시했다면?"

장혁의 촉이 전광석화처럼 돌아갔다.

"공교롭게 방성욱이라는 사람이 죽은 지 이틀 후에 치안정
감 부검 실시. 그러나 치안정감이 사망한 건 3일 전. 즉 사건
의 비중으로 보아 방성욱이라는 분이 부검할 가능성이 높으
니 사전에 제거?"

"……."

"거기 협력자가 부검 배정을 하는 행정직 박태휘, 그리고 부
검의로 내세운 석태일. 결국 모의가 성공하면서 구병우는 원
장, 석태일은 2인자, 박태휘는 한직에서 내무부로 원대 복귀?"

장혁의 시나리오는 창하의 시나리오를 제대로 꿰었다.

"이거 선생님에게만 맡길 일이 아니네요. 마침 대검 안에 과
거에 일어난 사건들 중에서 억울하거나 조작된 수사 바로잡기
특별 팀이 태스크포스 성격으로 만들어졌거든요. 제 후배 윤
승구 검사가 차출되어 갔고요. 이 선생님도 윤 검사 아시죠?"

"그럼요."

"이 자료하고 선생님 말씀 정리해서 끼워 넣겠습니다. 윤 검사 쪼아서 은밀하게 소스 뽑으라고 할 테니 선생님은 잠깐 정중동 모드로 들어가 계십시오."

"첫째로 필요한 건 에볼라에 감염된 문광조입니다. 그 사람이 어디서 어떻게 죽었고 어떻게 국과수로 옮겨졌는가 하는 정보가 나와야 합니다. 부검대로 왔을 때의 사인은 장티푸스였는데 누군가 에볼라 출혈열이라는 걸 알고 있어야만 이 퍼즐이 들어맞게 되니까요."

"강조해서 전달해 드리죠."

장혁의 대답은 얼다 만 맥주처럼 시원했다.

제3장

—

적폐는 가라

백택의 메스.

오늘도 청아했다. 관리를 잘한 탓도 있지만 신물이다. 녹도 슬지 않고 칼날도 망가지지 않는 것이다. 이거야말로 요즘 말로 영구적인 도구였다.

장혁과 만난 지 나흘이 지났음에도 창하는 서두르지 않았다.

거리는 창하 가슴보다 뜨거웠다. 이제 약 열흘 앞으로 다가온 투표일. 대통령 선거는 그야말로 시계 제로 속으로 들어가 있었다.

강팀과 약팀의 대결.

어떻게 보면 싱겁게 끝날 것 같다. 그러나 대결이란 그 단어 안에 익사이팅한 본질을 숨기고 있다. 그렇기에 축구에서도 도박사들이 일방적으로 예측한 승부를 벗어나는 경우가 많았다. 선거 역시 당연히 그랬다.

선거전 중반, 전임 총리 정병권의 독주에 제동이 걸렸다. 시작은 사소했다. 총리 시절 공관에 배속된 비정규직 직원 넷의 사표가 도마에 오른 것이다. 총리는 공관을 사용하지 않았다. 고정비 지출이 너무 많으니 정리를 지시했다. 그때 잘린 비정규직 공무원들을 찾아 읍소 화면을 만들며 총리를 공격한 2위 후보 조관술. 그게 먹히면서 치고 올라왔다. 하필이면 그중 한 명이 암 진단을 받았던 것이다.

오늘 아침에 발표된 여론조사의 격차는 고작 2.4%. 무려 15% 이상의 격차를 벌렸던 지난주 초에 비하면 위기감이 엿보이는 수치였다.

"정병권이 잘못하면 밀리겠네?"

"이햐, 선거는 역시 알 수 없다니까."

출근 시간, 로비에서 들은 직원들의 말을 지우며 시신을 바라보았다.

낙뢰사입니다.

입회 경찰이 한 말이다. 보호자는 한숨만 가득하다. 시트를 벗기고 비닐까지 걷어내니 시신이 나왔다. 시신은 '깨끗'했다.

벼락을 맞아 죽은 사람. 한국적인 정서로 보면 참 재수도 없다. 그러나 미국 같은 경우에는 낙뢰사가 많았다. 다만 우리가 아는 것처럼 낙뢰에 맞는다고 다 사망하는 것은 아니다. 벼락으로 사망하는 경우는 통상 4명 중의 한 명 꼴이다. 더러는 부상을 당하고 또 더러는 믿기지 않게도 '멀쩡'하다.

왜 그럴까?

벼락으로 인한 사망의 관건은 '심장' 아니면 '뇌'다. 전류가 이 두 장기를 제대로 통하면 사망한다. 그렇지 않으면 죽지 않는다. 벼락은 전기와 달리 직류이며 작용 시간이 1만 분의 1초에 해당할 정도로 찰나에 속하기 때문이다.

낙뢰사 시신은 보통 뇌문이라는 것이 생긴다. 피부에 적색, 혹은 갈색의 나뭇가지 형태로 나타나는 무늬다. 그러나 이 또한 아주 특징적인 것은 아니었다. 사망하지 않고 살아나면 얼마 후에 자연적으로 소실되어 버린다.

기타 특징은 화상이다. 몸에 부착된 쇠붙이가 매개체가 된다. 피어싱이나 시계, 반지 등으로 인한 화상이 심하다. 더러는 머리카락이 타버리기도 한다. 최악의 경우라면 머리가 골절되거나 장기가 파열되는 수도 있었다.

마지막은 무특징이다. 믿기지 않게도, 외표에도 장기에도 손상이 없는 것이다.

부검대 위의 시신은 벼락이 들어간 입구로 추정되는 작은 구멍 하나뿐이었다. 그게 심장을 직격했다. 또 다른 하나는

반지였다. 약지에 낀 금반지가 녹아내렸다. 만약 같이 간 동료들이 목격하지 않았다면 주검의 진상 규명에 엄청 애를 먹었을 부검이었다.

「사망의 원인 낙뢰사, 사망의 종류 사고사」

부검에 걸린 시간은 26분이었다.

"아휴, 재수도 원… 같이 간 다섯 사람이 벼락을 맞았는데 혼자만 죽다니……."

보호자로 들어온 아내가 눈물을 삼켰다. 아직 창창한 40대 후반의 남자. 깊은 애도를 표하고 방으로 돌아왔다. 부검 일지를 쓸 때 전화기가 울렸다. 장혁이었다.

"여기 있습니다."

가까운 닭 칼국수 전문점에서 만난 장혁이 서류를 내밀었다. 보안상 밖에서 잠깐 보자는 요청을 했던 장혁이었다.

"벌써 나왔습니까?"

창하가 물었다.

"문광조와 변숭재, 그리고 박태휘의 자료를 망라했습니다. 우리 윤 검사가 밤 좀 새운 모양이더군요."

"어떻습니까?"

"문광조가 가장 시급하다고 하셨으니 꺼내보시죠."

"예."

창하가 서류 봉투를 열었다. 첫 페이지가 문광조였다.

"조류학자더군요. 관심 분야는 박쥐. 아시아에서는 제법 알아주는 학자였습니다."

'박쥐……'

"출입국 기록을 보니 1990년 초중반에 아프리카에 2회 다녀왔습니다. 그중 한 번이 바로 1994년이라 아프리카에서 에볼라 기록이 나온 시기와 근접합니다."

"아, 그러면 성립이 되네요. 에볼라의 매개원으로 박쥐를 강력하게 꼽고 있거든요."

"그 전 기록으로는 일본과 중국 등의 동남아에 12회 출국… 호주 1회에 캐나다 1회… 행적을 보니 박쥐 연구소나 혹은 박쥐를 이용한 신상품 개발에 뜻이 있었나 본데 매번 고배를 마시면서 파산을 하고 맙니다. 사망하던 연도에 말입니다."

'파산……'

"당시 지인들 증언 보시면 알겠지만 노숙자 비슷하게 살았는데 실제로 서울역에서 두 달간 노숙을 한 적도 있었답니다."

"허얼."

"그러다 건강이 나빠져 동대문구에 위치한 시립병원에 입원했다가 사망합니다. 문제는 가족인데 결혼 초기에 잦은 해외 연구 출장과 파산으로 이혼당하고 혼자 살았다는 겁니다. 결국 연고자가 없으니 행려병자 처리가 되어 부검과 화장을 경찰이 좌우했습니다. 입원부터 부검, 화장까지 경찰의 관리하에 있었다는 거죠."

"하지만 에볼라 진단은 어디에도 나오지 않는데요?"

창하의 눈은 서류에 있었다.

"당시 주치의와 병동 간호사를 수소문해 만나봤는데 그들이 답이 될 만한 기억을 가지고 있더군요."

"……?"

"당시 의사는 장티푸스를 의심해 사망진단을 그것으로 냈답니다. 환자가 호소하는 발열, 근육통, 오심, 구통 등의 증상으로 볼 때 장티푸스 아니면 말라리아였다는 거예요. 하지만 환자가 심한 자괴감에 문진에 응하지 않으니 외국에 다녀왔다는 걸 알 수 없었고 말라리아 검사에서는 음성으로 나오니 장티푸스로 처리했다더군요. 에볼라는… 잘 몰랐지만 출혈이 없었기 때문에 의심도 하지 않았다고……."

"그 말은 맞습니다. 에볼라의 초기 증상은 장티푸스나 말라리아에 유사하니까요. 에볼라 감염자라고 다 출혈을 하는 것도 아니고요."

"환자는 일주일 후에 사망했는데 그 사망일 저녁에 또 다른 환자가 들어옵니다. 이 환자 역시 서울역 노숙자였는데 증세가 문광조와 똑같았습니다. 굉장히 위중했지만 그가 문광조를 알고 있었다고 했습니다. 의사는 그제야 문광조가 외국 출입이 많았고 최근에는 서아프리카를 다녀왔다는 사실을 알게 됩니다. 그가 바로 문광조와 노숙을 같이 한 사람이었던 거죠."

"아……."

"그는 단 하루 만에 사망했습니다. 그제야 에볼라를 의심하게 된 의사가 담당 경찰관에게 문의를 했다고 합니다. 당국에 정식 신고를 하지 않은 건 노숙자들인 데다 사망해 버린 까닭이라고……."

"그 시신이 국과수로 갔군요?"

"그런 것 같습니다. 한 구는 국과수, 또 한 구는 바로 화장. 나중에 사망한 노숙자는 가족이 있었거든요."

"결국 국면 전환을 노리던 경찰이 국과수 직원을 매수하면서 카드 패로 써먹게 된 거고요."

"선생님 추측이 맞다면 그런 것 같습니다."

"그래서 부검 시간이 조절된 거군요. 경찰청에 닥친 위기를 묻어버리기 위해 방성욱 과장님을 제거하는 수단으로써."

"……."

"그럼 국과수 쪽에서 시신과 사전 접촉을 한 겁니까?"

"시신 안치실 퇴직 직원들을 수소문해 봤는데 당시 근무자는 사망하고 없어서 확인하지 못했습니다."

"그렇다면 검사님."

"말씀하시죠."

"당시의 경찰청장과 우리 원장이 결탁한 흔적도 나왔나요?"

"아쉽게도 너무 오래전 일이라 그것도 찾아내지 못했습니다. 다만……."

"……?"

"경찰청장이 퇴직한 후에 국영기업체 사장으로 옮겨 갔는데 원장의 아들과 조카를 특채로 채용한 정황은 있더군요."

"특채라면?"

"그들을 채용하기 위해 무리한 전형을 짠 거죠. 누가 봐도 억지인 게 서류 전형에서 커트라인을 낮춰 면접에 끼워 넣고 다른 응시자들에게는 만점의 50%를 주고 두 사람은 99점을 주었습니다. 단숨에 상위권으로 합격선에 들었으니… 참 제가 봐도 기가 막히더군요. 경찰청장이 보은 채용을 한 거 아니겠습니까?"

"……."

"그것 외에도 치안정감 사건 후에 국과수에 문제가 있었는데 당시 관리 감독 기관인 경찰청이 시정권고만 하고 넘어간 사례들이 많았습니다. 사건 직전 연도들과 비교하면 엄청난 관용이었죠."

"그렇군요."

"다음은 박태휘 서기관입니다."

"예……."

창하가 서류를 넘겼다. 행안부 과장으로 재직 중인 박태휘 보고서가 보였다.

"그분은 우리 윤 검사가 겁 좀 준 모양입니다. 퇴직이 얼마 남지 않은 관료들은 해임이나 파면을 전제로 조지면 찍소리 못 하죠. 늘그막에 연금 하나 보고 공직 생활 했는데 그거 못 타게 되면……."

장혁이 말문을 흐린다. 공무원의 징계는 솜방망이가 대부분이다. 직위해제 같은 경우가 대표적이다. 이건 눈 가리고 아웅에 불과하다. 견책과 감봉 역시 살짝 쪽이 팔릴 뿐 큰 대미지는 없다. 그러나 해임과 파면은 다르다. 여기에는 공무원의 사활이 걸린다.

예를 들어 단순 해임은 공직에서 물러나는 것에 불과하지만 금품이나 향응의 수수, 공금의 횡령, 유용으로 걸리면 퇴직급여의 절반을 잘라낸다. 파면은 최악의 경우다. 일정 기간 동안 다른 공직의 업무를 가질 수 없거니와 연금의 일부, 혹은 전부를 받지 못하게 되는 것이다.

"그랬더니 바로 입을 연 모양입니다. 최근에 그쪽 부서가 입찰 문제로 구설수가 되고 있으니 이래저래 켕기는 게 있었던 거죠."

"여기 있군요. 당시 구병우 연구관의 부탁으로 배정을 하게 되었다……."

서류를 짚어가던 창하 시선이 멈췄다.

"거기 적시하지는 않았지만 내무부 복귀를 돕겠다고 약속한 정황이 있습니다. 그것 외에는 치안정감 사건이 마무리된 후에 일부 공신들에게 13박 15일짜리 유럽 견학을 보내준 게 전부입니다. 같이 간 사람은 이윤배와 석태일이더군요."

"배정자는 에볼라인 줄 몰랐을 테고요?"

"그랬답니다. 그저 방성욱 과장을 며칠 입원하게 할 전염병 정도로 들었다고……."

"완벽하네요."

정말 완벽했다. 에볼라의 감염 경로 중에 가장 치명적인 게 사망자의 시신이다. 혈액을 잘못 만지면 감염된다. 그러나 부검의라면 피해 가기 어렵다. 에볼라에 감염되면 염증 유도 단백질로 인해 장기가 녹아내리기 때문이다.

"면목 없습니다."

"검사님이 왜요?"

"국과수 부검의 문제는 언제나 우리 수사진의 허점이 걸려 있지 않습니까? 이번에 들고 오신 치안정감의 자살 건도 마찬가지고요."

"지난번에 법적 처벌이 가능하다고 하셨죠?"

"살인죄일 경우입니다. 하지만 에볼라 시신 배정은 살인죄를 적용하기에 무리가 있을 것 같습니다. 저들이 잡아떼면 입증하기 어려울 테니까요. 게다가……."

"……?"

"당시 경찰청장이던 사람은 3년 전에 췌장암으로 사망을 했습니다. 만약 그가 치안정감의 투신을 강제했다고 해도 처벌이 불가능합니다."

"그렇다면 우리 원장과 센터장은 양심의 심판대 위에 서는 수밖에 없겠군요?"

"아마도……."

"후우."

"선생님이 직접 해결하시려는 겁니까?"

장혁이 정곡을 찌르고 들어왔다.

직접 해결.

처벌이 불가하다면 불가피한 일이었다. 방성욱의 주검도 주검이지만 자칫하면 에볼라 바이러스를 창궐시킬 수도 있었다. 질병의 통제는 부검의의 덕목에도 속한다. 그것조차 망각한 작태였던 것.

그렇다면 어떤 방법이 가장 드라마틱할까?

—방성욱은 검시관.

—창하도 검시관.

—원장과 센터장도 검시관.

검시관들의 일이라면 역시 검시로 해결하는 게 옳았다.

오늘 내일 예정된 서울 사무소의 부검 배정을 살펴보았다. 알맞은 게 없었다. 스캔을 전국 국과수로 넓혔다. 그러자 본원에서 기막힌 부검 케이스가 나왔다. 오전에 끝난 투신 부검… 원주의 고층 오피스텔에서 일어난 살인사건이었다. 사망자는 외국인 불법체류자 성매매 포주로 고아였다. 그 지역 경찰을 끼고 불법 성매매를 하다가 광역수사대에게 걸렸다. 포위망이 좁혀오자 16층 오피스텔 창으로 뛰어내렸다. 처음에는 자살로 알았지만 방에 달린 감시용 몰래카메라가 답을 주었다. 마스크에 모자를 눌러쓴 남자가 투신 직후에 방을 나간 것이다.

'오케이.'

창하가 쾌재를 불렀다. 이거야말로 하늘이 내린 케이스였다.

"검사님."

"좋은 생각 있습니까?"

"해결은 제가 하죠. 대신 지원을 좀 해주시면 고맙겠습니다."

"뭐든지 말씀만 하세요."

"오전에 본원에서 부검이 끝난 시신이 있습니다. 고아인 걸 보니 의대에 기증될 가능성이 높은데 그걸 잠깐 저희 서울 사무소로 옮겨주실 수 있습니까?"

"그런 거라면야 가능하죠."

"그런 다음에 차 팀장님과 함께 분위기를 좀 잡아주시면 고맙겠습니다. 두 사람이 제 상관들이다 보니 저 혼자만으로는 극적 효과가 낮을 것 같아서요."

"그림이 그려지는군요. 흔쾌히 협조해 드리죠."

장혁의 대답은 기꺼웠다.

끼익!

다음 날 오전, 원장과 센터장이 서울 사무소에 도착했다. 둘을 기다리는 건 소장과 백 과장이었다.

"무슨 일인가? 검찰에서는 엄중 보안이 걸린 부검이라고 하던데?"

"저희도 자세히는 모릅니다. 어젯밤에 검찰청에서 통보를 받았거든요. 오늘 아침 4번 부검실을 좀 비워달라는……."

"시국 사건일까? 아니면 대선과 관련된?"

"저희도 감을 잡지 못하고 있습니다."

"부검의는 이창하 검시관이겠군?"

"그렇게 협조 요청이 들어와 있습니다."

"흐음, 아무튼 심각한 일인 건 틀림없는 것 같은데… 검찰에서는 도착했나?"

"부검실 앞에서 기다리고 있습니다. 이장혁 검사와 경찰청 차채린 팀장이……."

"빵빵한 사람들만 와 있군. 가세."

원장이 센터장을 돌아보았다.

"뭔가 심상찮지?"

소장이 백 과장에게 물었다. 심각한 부검이야 수도 없이 많았다. 그러나 본원 원장과 센터장을 동시에 호출한 일은 처음이었다.

"뉴스 좀 봐야겠습니다. 속보라도 나올지……."

"보고 오시게. 나는 부검실 쪽에 가 있을 테니까."

"알겠습니다."

인사를 한 백 과장이 사무실로 향했다.

"선생님."

그 시각, 원빈이 대기실 문을 열고 들어섰다. 안에는 부검복을 입은 창하가 대기하고 있었다.

"원장님과 센터장님이 모두 입실했습니다."

"알겠습니다."

창하가 일어섰다. 4번 부검실 복도에 도착하니 장혁과 채린이 창하를 맞았다.

"방금 들어갔습니다."

"예."

답례를 하고 부검실을 열었다. 원장과 센터장의 시선이 창하에게 쏠려왔다.

"이 선생."

센터장의 목소리가 심각하지만 대답하지 않았다. 창하의 시선은 원빈과 광배, 두 어시스트 쪽이었다. 두 사람은 부동자세다. 부검대 위에는 시트에 덮인 시신. 창하의 지시로 아직 공개되지 않은 상태였다.

"우 선생님, 천 선생님, 두 분은 나가 계십시오."

창하의 지시가 떨어졌다.

"예?"

두 어시스트가 동시에 고개를 든다. 잘못 들은 건가? 어시스트에게 나가라니?

"선생님."

"잘못 말한 거 아닙니다. 잠깐만 나가 계시기 바랍니다."

창하의 목소리는 엄중했다. 두 어시스트는 지시에 따르는 수밖에 없었다.

"부검 시작합니다."

원빈 대신 스위치 앞에 선 창하, 라텍스 장갑을 손살으로 밀어 넣으며 불을 꺼버렸다.

방성욱 선생님.

지켜봐 주십시오.

마침내 당신의 사인을 밝히는 순간입니다.

시신으로 다가온 창하가 시트를 벗겨냈다. 시신이 드러나자 센터장의 미간이 미친 듯이 구겨졌다. 그 시신의 출처는 원주였다. 오전에 그 자신이 부검한 시신이었던 것.

'이게 왜……?'

               *   *   *

"……!"

센터장의 척주가 파르르 떨렸다. 어깨는 부서질 듯 흔들린다. 그걸 감추기 위해 공연히 몸을 추스른다. 시신은 어둠 속에 드러나 있었다. 창을 통해 들어온 자연광과 어우러진 실내의 명암. 그게 하필 시신의 이름표에 기묘한 하이라이트를 형성하고 있었다.

「노재준, 34세. 부검의, 석태일」

석태일.

자기 이름이다. 잔뜩 구겨진 미간은 제자리로 돌아오지 않는다. 눈을 깜빡인 후에 재차 확인에 나서지만 이름표가 변할 리 없다. 사각의 창밖에는 장혁과 채린이 보였다. 그들 옆은 비어 있다. 조금 전까지 어른거리던 소장과 백 과장. 둘의 참관조차 금지된 것이다.

'이 부검, 뭔가 잘못된 것인가?'

한순간, 센터장은 그렇게 생각했다. 정치권이나 권력자의 친인척은 아니었다. 시국을 조작하고 도피 중인 사람도 아니었다. 하고많은 성매매 포주의 한 사람…….

'알고 보니 권력자의 아들?'

짧은 시간 동안 생각이 무한 갈래를 뻗었다. 하지만 더는 나가지 않았다. 그렇다고 해도 이건 살인으로 결론 내준 부검이었다. 범인을 잡아준 것이니 하느님이 와도 문제 될 리 없었다.

센터장의 시선이 천천히 창하에게 닿았다. 창하는 시신의 팔뚝을 들고 있었다. 오른쪽 팔이다. 그 등에 붉은 마킹이 보인다. 손상이 아니라 마킹이었다.

그게 뭐?

센터장의 눈자위가 실룩거린다.

창하는 성자처럼 외표 검사에 임했다. 불을 끄고 하는 외표 검사이니 그로테스크한 분위기는 말할 것도 없었다.

"센터장님."

긴 침묵의 정적을 창하가 자르고 나왔다.

"뭔… 가?"

센터장은 건조한 말투로 답했다.

"보시다시피 이 시신은 투신자살을 한 시신입니다."

보시다시피.

창하는 그 단어를 앞세웠다.

"……."

"고층 빌딩의 창이 좁았다고 하더군요. 그 틈으로 비집고 나가려다 보니 팔을 긁힌 것 같습니다."

"……."

창하가 시신을 뒤집는다. 등에도 붉은 마킹이 보였다. 이번에는 가로로 길었다.

"창틀 자국입니다. 역시 좁은 창으로 나가려다 보니 눌린 모양입니다. 정복을 입지 않았다면 조금 더 심했겠죠? 아마

누군가 외력을 행사했지 싶습니다."

정복?

포주가 무슨 정복?

"이 선생."

센터장이 반응했다. 지금 뭐 하자는 건가? 그의 눈에 힘이 들어가지만 창하의 눈은 허벅지 뒤쪽으로 옮겨갔다. 거기에도 붉은 마킹이 선명했다.

"이것 역시 창틀에 긁힌 찰과상입니다. 그렇다면 시신은 등을 창틀에 댄 자세로 추락한 것 같습니다."

딸깍!

불이 들어왔다. 원빈이나 광배가 아니라 센터장이 켜버린 것이다.

"저런, 저는 불을 끈 상태가 더 익숙한데요?"

창하의 목소리는 한없이 담담하다.

"원한다면 꺼주지. 팩트가 뭔가?"

스위치 앞에서 센터장이 말했다. 원장은 작은 의자를 차지하고 앉았다. 그 역시 이유가 궁금한 듯 상기된 표정을 감추지 못했다.

"팩트는 부검 아닙니까?"

창하가 답했다. 두 사람의 지위를 고려해 몹시 정중한 목소리로.

"부검?"

"이게 좀 어려운 케이스라서요. 두 분의 도움이 필요합니다. 그러니 불을 꺼주시면…….."

"이 선생……."

딸깍!

센터장이 딴청이니 창하가 불을 꺼버렸다.

"죄송합니다. 제가 지금 루틴 수행 중이라서요."

"……."

"어떻습니까? 이 부검, 추락사로 나가도 될는지요."

다시 부검대 앞에 선 창하, 센터장을 응시하며 질문을 이었다.

"이 건은 내 이름으로 부검 결과가 나간 사안이네. 검찰과 경찰청 과학수사 팀장이 온 걸 보니 문제가 생긴 모양인데 설명부터 해야 하는 것 아닌가? 원장님까지 참관하고 계신 참인데?"

"……."

"이 선생."

"문제가 생긴 건 사실입니다."

한숨 죽인 창하가 다시 입을 열었다.

"무슨 문제인가? 이자는 비리 경찰이 뒤를 봐주다 문제가 되니까 오피스텔에서 밀어버린 것으로 알고 있는데… 그 경찰이 이의 제기라도 한 건가?"

"그것도 사실입니다. 다만 이의 제기자는 경찰이 아니라는 걸 밝혀둡니다."

"그럼 그 경찰의 친인척?"

"아닙니다."

"그럼?"

"굳이 이름을 알기 원하신다면 진실이라고 전해 드리라더군요."

"누가?"

"밖의 두 분요. 이장혁 검사와 차채린 팀장."

"……."

센터장이 창을 돌아본다. 장혁과 채린의 태도는 여전히 묵직했다.

꿀꺽!

마른침이 넘어간다.

그러나 이 부검은 도무지 꿀릴 게 없는 부검이었다. 살인의 증거는 목이었다. 포주를 창가로 몰아붙인 뒤 목을 누르며 밀어냈다. 상체가 창밖으로 나간 포주. 속절없이 추락하고 말았다. 그러나 반항하는 사이에 경찰의 팔을 긁었으니 손톱에 섬유가 있었다. 목에도 압박흔이 남았다. 거기에 더해 CCTV까지.

"그 경찰 친인척 중에 경찰청장이 있다고 해도 문제가 될게 없는 부검이었네."

"아, 경찰청장……."

창하가 반응했다.

"진짜 경찰청장이 있는 건가?"

센터장이 다시 묻는다.

"그렇습니다."

"……!"

창하가 답하니 센터장이 얼어붙었다. 원장도 놀랐는지 의자에서 일어섰다.

"대체… 자세히 좀 말해보게. 내용을 알아야 설명을 하든지 할 것 아닌가?"

"내용은 다 보여 드렸습니다만."

"무슨 내용? 그 붉은 마킹 말인가?"

"예."

"경찰청에서 내가 조작이라도 했다고 보는 건가?"

"예."

"뭐라?"

센터장의 표정이 일그러졌다. 촌각의 주저도 없이 응수하는 창하 때문이었다.

"어이가 없군. 붉은 마킹이 대체 뭐? 그 부분에 내가 간과한 중대한 손상이라도 들어 있나?"

"그래서 불을 끄고 생각할 시간을 드렸는데 아직 떠오르지 않았나 봅니다?"

"생각할 시간이라고?"

"힌트도 드렸지요. 이 붉은 마킹들……."

"이 선생!"

센터장의 목소리가 까칠하게 높아졌다.

"그렇군요. 역시 시간이 문제겠죠? 게다가 영영 잊고 싶었던 기억일 테니……."

"대체……."

"별수 없이 제가 기억을 일깨워 드려야겠군요."

창하가 시신에게 다가섰다. 다리의 이름표를 갈았다.

「변숭재」

"……."

센터장의 눈빛이 미묘하게 흔들렸다. 하지만 원장은 그렇지 않았다. 그의 눈빛은 센터장과 달리 통제 불가의 형태로 일그러지고 있었다.

"변숭재……."

원장이 다가왔다.

"원장님."

센터장과 원장의 눈빛이 만난다. 그제야 둘은 지난 기억을 만나는 눈치였다. 둘 사이로 사진을 밀어주었다. 창하가 찾아낸 그 사진으로 출력한 사진… 요점은 치안정감의 등짝에 난 눌린 자국과 허벅지, 팔뚝의 상흔이었다. 창하가 표기해 놓은 붉은 마킹과 똑같은…….

"이게?"

원장이 흔들린다. 창하는 그걸 놓치지 않았다. 이제야말로 매조지를 할 타임이 온 것이다.

"검찰의 의문사 태스크포스 팀에 투서가 들어왔다더군요. 이십몇 년 전에 일어난 치안정감 투신 사건. 경찰청장의 연루가 의심되던 사건이라고 합니다. 연도를 꼽아보니 저는 굉장히 어릴 때더군요."

"투서?"

"당시 국과수의 어느 부검의께서 담당하셨는데 투신자살로 결론이 났습니다. 부검 기록을 보니 큰 무리는 없더군요."

"자네가 그 부검의 검토를 맡았나?"

센터장에 앞서 격하게 반응하는 원장.

"예."

"무리가 없다면서 왜?"

"표면적으로 보기엔 그랬죠."

"표면적이라니?"

"당시 그 시신을 부검한 검시관은 추락사 부검의 경험이 있었을까요?"

"그러는 자네는 추락사의 경험이 있나? 한국에서 고층 빌딩 투신과 추락사는 흔한 편이 아니야."

"저는 미국의 사례 2천여 건을 탐독했습니다만."

"2천여 건? 장난하나?"

"장난 아닙니다. 제가 부검 쪽에 특출한 재능이 있다는 건 인정하시지 않습니까? 그 데이터를 참고해서 살펴보니 치안정감의 부검은 추락사에 문외한인 부검의가 집도를 했더군요."

"말조심하게. 그 집도자가 바로 여기 있는 센터장이야."

"그렇습니까?"

창하 시선이 센터장에게 향했다. 냉소가 진한 눈빛이었다.

"이창하."

센터장의 입이 열렸다.

"잘한다 잘한다 하니까 너무 지나친 것 아닌가? 이러면 대검 과학수사부에 한자리 만들어주기라도 한다던가?"

"자리 좋아하는 분들은 따로 있죠. 저는 그런 것에 관심 없습니다."

"다들 말은 그렇게 하지. 어쨌든 이것 한 가지는 명심하게. 자네 소속은 국과수라는 거."

"지금 질문을 드리는 쪽은 접니다. 두 분은 대답만 하시면 됩니다."

"뭐라?"

"아니면? 장소를 검찰로 옮기시겠습니까? 그렇게 되면 모양도 사납고 감당하기도 어려울 텐데요?"

창하가 슬쩍 창을 돌아본다. 장혁과 채린은 한눈조차 팔지 않고 안을 보고 있다. 장혁과 채린의 위상을 잘 아는 두 사람, 찔끔할 수밖에 없었다. 국과수의 수장이 검찰 조사를 받는다는 것. 그것만으로도 치명타가 될 수 있는 일이었다.

"사진을 봐주시죠."

창하가 설명을 이어갔다.

"사진······."

"모르셨을지도 모르지만 고층 빌딩에서 투신하면 십중팔구 다리부터 떨어집니다. 머리나 옆구리로 추락하면 누군가 밀었거나 실수로 인한 추락일 가능성이 높아지죠."

"······."

"그런데 당시 치안정감의 시신에는 이런 상흔들이 있었습니다. 팔뚝의 상흔, 등짝의 압박흔, 그리고 허벅지 뒤의 상흔··· 이것들은 의미가 없는 손상들이었을까요?"

"내 부검에는 하자가 없었네. 자네는 실물을 보지 않아 모르겠지만 두개골이 함몰되면서 저부가 경추까지 밀고 내려간 상태였네. 그 충격으로 장기가 터져 나간 다발성 손상. 그 엄청난 걸 제치고 작은 상흔들에 얽매인단 말인가? 사망의 원인에도 우선순위가 있는 법이야."

"맞습니다. 우선순위."

"알면서 그런 말을?"

"하지만 손상의 크기에 현혹되는 것 역시 경계해야 할 일이죠. 검시관이 밝혀야 하는 건 사인이지 손상이 아니니까요."

"이 선생."

"다발성 손상은 잠시 접어두고 얘기 진행해 볼까요? 시신 말입니다. 등짝에 왜 이런 압박이 생겼을까요? 반개폐식 창에 등을 대고 문지르기라도 했을까요?"

"부검의가 자살하는 사람의 일련의 과정까지 추적할 필요는 없네."

"그렇다면 이 사진들은 왜 은닉되었을까요?"

창하는 직진에 속도가 붙었다.

"은닉이라니?"

"아닐까요?"

창하가 핸드폰을 꺼내놓는다. 거기서 육성 녹음이 흘러나왔다. 퇴직한 이윤배의 증언이었다.

—그 사진들은 석 선생님이 파쇄하라고 지시했던 겁니다. 사인 규명에 불필요한 거라고 했어요.

"목소리의 주인공 말입니다. 검찰이 말하길 전에 부검 사진 기록을 담당하던 분이라더군요."

"……?"

"덕분에 유럽 여행도 다녀왔다던데 혹시 생각나십니까?"

창하의 시선이 원장에게 건너갔다.

"무슨 소리야?"

"아, 혹시 생각나지 않으면 이 말씀을 드리라고 하더군요. 박태휘라고 현재 행안부 서기관으로 계신 분도 함께 갔었다고……."

"박태휘 서기관?"

"그분은 원장님께 어떤 특명을 받았다고 했답니다."

"이창하!"

센터장 목소리가 치고 들어왔다. 하지만 창하의 응수는 한 치의 흔들림도 없었다.

"센터장님도 아마 같이 갔다죠?"

"……!"

"인상 펴시죠. 사실 검찰이 추적하는 건은 이게 아닙니다. 이건 몸 풀기에 불과하거든요."

'몸 풀기?'

원장과 센터장의 이마가 동시에 스산해졌다. 머리가 꼬여가는 두 사람. 창하는 쉴 틈을 주지 않았다.

바스락.

묵직한 침묵 속에 작은 소음이 들렸다. 창하가 뭔가를 꺼낸 것이다. 시신의 발목에 걸린 이름표를 떼고 다른 걸 걸었다. 그 이름 속으로 원장과 센터장의 시선이 빨려 들어갔다.

「방성욱」

이름표에 찍힌 이름이었다.

"아, 제가 실수를……."

둘의 반응을 체크한 창하, 딴청을 부리며 이름표를 바꿔 달왔다.

「문광조」

에볼라에 감염되었던 조류학자의 이름이었다.
"이 이름은 생각이 나실까요?"
"……."
"그럼 음압실로 옮겨 갈까요? 아주 특별한 바이러스에 감염
되었던 시신이라 음압실 분위기가 잘 어울릴 것 같은데……."
"……."
둘은 대꾸하지 않는다. 이름을 바라보며 석고상처럼 굳어
있다. 이제야 그림이 그려지는 두 사람. 등골을 타고 내린 식
은땀이 옷을 적시기 시작했다.
문광조.
처음에는 가물거리던 이름, 그러나 방성욱의 이름과 겹치니
벼락처럼 기억을 뚫고 나왔다. 그 기억은 전율덩어리다. 둘을
감전시킨 듯 옭아맨 것이다.
'자리에 눈이 멀어 방 선생님을 죽게 한 개들…….'
창하의 눈 속에 불덩이가 이글거렸다.

제4장
—
환골탈태 국과수

"이창하, 너 정체가 뭐야?"

석태일의 평정심이 무너졌다. 꾹꾹 감춰둔 본심이 나온 것이다.

"대한민국 국과수 검시관이죠."

"빙빙 돌리지 말고 핵심을 말해."

"두 분이야말로 왜 이러십니까? 이제 그만 커밍아웃하시죠."

"커밍아웃?"

"이 일의 본질. 당신들의 편협함으로 숨겨간 아까운 사람에 대한 음모."

"이창하… 대체 뭐가 포인트야? 변숭재야? 문광조야? 아니면 방성욱이야. 네가 주장하는 진실이라는 거?"

"방— 성— 욱!"

창하가 방점을 찍었다. 쐐기를 박듯 묵직한 발음이었다.

"방성욱? 방성욱과 무슨 관계길래?"

"스승과 제자."

"말도 안 되는… 방성욱이 죽을 때 너는 코흘리개에 불과했
어."

"맞아. 그분과 나는 시공을 초월한 사제거든."

"시공 초월?"

"그러면 안 되나?"

"……?"

"이게 증거야."

창하가 백택의 메스를 꺼내놓았다.

"기억하실까?"

"……!"

원장과 센터장의 동공에 금 가는 소리가 들렸다. 백택의 메
스는 기억에 있었다. 미국에서 건너온 방성욱. 꼴같잖게 전용
메스만을 사용했었다.

「인류를 구할 메스」

공동 부검을 할 때 그런 조크도 했었다. 그때 석태일은 꼭

지가 돌도록 역겨웠다. 대충 살아도 될 것을 사소한 부검에도 유난을 떨던 자세. 미국 물 앞세운 잘난 척으로밖에 보이지 않았다.

"이 메스를 어떻게?"

센터장의 발음이 어지럽게 새어 나왔다.

"말했잖아? 시공을 초월한 사제라고."

"말도 안 되는……."

"당신, 센터장으로 꿀만 빨다더니 감을 잃었군. 그렇지 않았다면 처음부터 눈치를 챘었을 텐데."

"처음부터?"

"이거."

딸깍!

스위치로 다가선 창하가 불을 내렸다.

'어억!'

그제야 석태일은 뼈를 치고 가는 전율을 느꼈다. 그랬다. 오랫동안 잊고 살았던 방성욱의 루틴이었다. 부검 전에 불을 끄고 시작하던 그 루틴…….

'젠장.'

센터장이 휘청거렸다.

"아직도 당신들이 무슨 짓을 한 건지 몰라? 미국 생활을 접고 사명감 하나만으로 돌아온 이 국과수. 그런데 당신들은 고작 감투 따위에 눈이 멀어 인류의 구원자를 죽인 거야. 알아?"

"……."

"구병우 원장, 당신이 시작이었겠지. 방성욱의 등장에 놀란 거야. 국과수 조직 확대로 기대하던 원장 자리가 흔들렸겠지. 그래서 경찰청장을 찾아가셨나? 굴러온 돌이 박힌 돌을 빼서는 안 된다고 강변했을까? 방성욱이 사실은 미국에서 별 볼 일 없어서 쫓겨난 사람이라고 폄하하면서……."

창하의 시선이 원장을 겨누었다. 피할 수 없는 위엄이었다.

"그러던 중에 치안정감의 비리 사건이 터졌지. 그 사람의 투신은 투신이 아니야. 경찰청장의 사주였든 아니면 또 다른 연루자건, 진실이 드러날 것을 막기 위해 투신을 위장한 살인."

"……."

"청장의 오더가 들어왔겠지. 투신으로 해다오."

부검실 안의 분위기는 오롯이 창하가 장악하고 있었다. 원장과 센터장은 숨조차 제대로 쉬지 못했다.

"우리 이 선생님……."

복도에서 주목하던 채린이 나지막이 입을 열었다.

"완전 몰입인데?"

"그러게."

옆의 장혁이 답한다.

"카리스마 완전 끝내주고……."

"그러게."

"역시 국과수에서 썩기는 아깝다니까."

"절대 공감. 청와대로 보낼까?"

"됐어. 거기 들어가면 멀쩡한 인간들도 머리 돌아서 나오더라고."

채린이 고개를 젓는다. 그래도 그 눈은 부검실 안의 창하에게서 떨어지지 않았다.

"경찰청장이……."

창하의 위엄은 여전히 진행형이었다.

"특명을 내렸겠지. 박힌 돌을 우대해 줄 테니 투신을 자살로 만들어라. 그럼 너를 밀겠다."

"……."

"그때 당신이 화답한 거야. 계속 눈엣가시가 될 방성욱. 게다가 그렇게 중차대한 부검에 있어 방성욱을 배제할 수도 없는 일. 머리를 굴리는 중에 시립병원에서 죽은 노숙자들의 보고를 봤겠지. 에볼라가 의심되는 사체……."

"그때부터 당신들 두 사람의 커넥션이 시작되었어. 한 사람은 방성욱 때문에 원장 경합에서 밀릴 수 있는 위치, 또 한 사람은 방성욱 때문에 기를 못 펴는 검시관. 제대로 궁합이 맞는 사이였지."

"……."

"센터장께서 시립병원으로 납셔서 에볼라 확인을 했겠지. 그런 다음 박태휘를 끌어들여 부검 배정. 당신들이 나서면 모양이 이상하니까."

"……."

"박태휘에게는 아까 말한 대로 내무부 복귀 보장. 그거야 경찰청장 정도의 권력이면 문제도 아니었을 테고."

"……."

"더러운 협잡을 모른 채 '장티푸스 환자 문광조' 부검에 나선 방성욱. 천하의 그였지만 장티푸스와 에볼라의 간극까지 극복하기는 어려웠지. 결국 어시스트와 함께 감염되어 사망."

"……!"

"이후 한 사람은 원장, 또 한 사람은 그의 오른팔 격인 센터장… 다른 부장들보다 실권이 더 많은……."

창하가 센터장 앞으로 다가섰다.

"팩트가 궁금하시다고!"

"으으……."

센터장이 주춤 물러섰다.

"당신이 원하기에 말했어. 원장, 당신도 마찬가지."

지적의 원장을 벼락처럼 돌아보는 창하.

"푸훗!"

창백하던 원장, 잠시 골똘하더니 거친 헛웃음을 토해냈다.

'웃어?'

"이 선생."

"……."

"부검뿐만 아니라 연기도 천재적이군. 하지만 한 가지 망각하고 있는 게 있어."

"……"

"소설 말이야. 좋은 부검의의 첫째 덕목, 시신 앞에서 소설 쓰지 마라."

"소설이라고?"

"그래. 내가 국과수 원장 된 후로 그런 음모와 폄훼는 수도 없이 겪어봤지. 이번에는 또 누가 이 선생처럼 깨끗한 사람을 오염시켰는지 궁금하군. 피경철인가, 권우재인가?"

원장의 입가에 냉소가 스쳐 갔다. 안면 근육이 파르르 떨리는 걸 잘도 참아낸다. 야비한 인간들의 본성이다. 그것은 곧 그도 사생결단이라는 뜻이었다. 이 위기를 넘기지 못하면 파멸. 그걸 아는 것이다.

"피경철."

창하가 원장의 말을 받아냈다.

"역시 그런가? 그 친구 유난히 자네랑 붙어 산다더니 결국 승진 못 하는 한을 이런 식으로……"

"닥쳐."

창하가 말을 잘랐다.

"피 선생님은 당신들처럼 눈치와 정치로 사는 사람이 아니야. 당신들이 출세와 지위에 눈이 멀 때 뚝심으로 부검대를 지켜낸 검시관이시라고."

"자네가 속은 거야."

"그래서? 내가 한 말을 인정하지 못한다?"

"한 편의 소설, 아주 흥미롭게 듣기는 했네. 법의탐적학에도 탁월하다더니 헛소문이 아닌 걸 알겠네."

"푸훗."

이번에는 창하가 냉소를 뿜었다.

"할 수 없군. 얼마 전에 일어난 송대방과 지한세의 부검 조작건으로 실추된 국과수의 명예 때문에 부검실 안에서 끝내려고 했는데……."

"……?"

"지금까지 내가 한 말은 검찰과 경찰이 파헤친 자료를 더해 방송 다큐멘터리로 나갈 수밖에 없겠군."

"뭐, 뭐라고? 방송?"

"분위기 보시면 알겠지만 내사는 끝났거든. 방송이 나간 후에도 그런 포지션일지 두고 보자고."

창하가 돌아섰다.

"이봐, 이 선생."

센터장이 창하를 잡는다. 원장의 얼굴에는 절망의 카오스가 강림해 있었다. 간신히 버티던 정신 줄에 패닉이 달려든 것이다. 복도에는 검사와 경찰청 과학수사 팀장이 버티고 있다. 거기에 더해 창하의 입에서 나온 히스토리들. 미루어 판단할 때 상당한 수사와 조사가 이루어진 건 사실이었다. 게다가 폐기되었어야 할 부검 현장 사진이 나왔다. 당시 관련자들의 증언까지도…….

'으윽.'

원장의 기세는 벼락처럼 내려앉았다. 마지막으로 던져본 허세의 승부수. 창하에게는 씨도 먹히지 않았다.

"이 선생……."

이제 원장의 목소리에 위엄 따위는 느껴지지 않았다.

"인정?"

"……."

"인정하냐고?"

창하의 목소리가 천둥이 되어 부검실을 후려쳤다.

"……."

둘은 겁에 질린 망부석이다. 유구무언. 입이 달렸다고 어찌 벌릴 수 있을까?

"이 미친 인간들……."

광분한 창하가 원장의 멱살을 잡았다. 그대로 밀어 벽에다 처박아 버린다.

"당신도 마찬가지야!"

센터장 역시 원장의 옆자리에 처박혔다.

"그까짓 원장 자리, 그까짓 센터장 자리… 그까짓 자리 때문에 사람을 둘이나 죽게 해?"

"……."

"그것도 이 나라의 법의학 발전을 위해 돌아온 세계적인 부검의를… 특별한 사명을 위해 자신의 모든 것을 버리고 온 사람을?"

"……."

"사죄해."

"이 선생……."

"사죄하라고. 방 선생님의 영령, 하다못해 그분의 메스 앞에라도."

창하가 백택의 메스를 내려놓았다. 원장과 센터장, 창하의 위엄에 눌려 메스 앞에 고개를 떨구었다.

퍽퍽퍽!

피가 튄다.

우적, 콰작!

뼈를 부술 듯 후려치는 창하의 분노.

그러나 그건 그냥 상상으로 삼켰다. 패 죽이고 싶지만 주먹 몇 대보다 양심에 대한 질책을 택하는 창하였다.

"이제 사표 내고 꺼져."

"사표?"

원장이 고개를 들었다.

"본원으로 돌아가는 즉시. 아니면 당신들의 치부 전부가 터질 거야. 핵폭탄처럼 쾅쾅쾅!"

"이 선생……."

"더러운 인간들."

둘을 쏘아본 창하가 문을 향해 돌아섰다. 주먹을 날리고 짓밟아도 시원치 않은 마음. 그러나 그런 면죄부를 받을 자격조차 없는 쓰레기들이었다.

"이 선생님."

창하가 나오자 채린이 달려왔다.

"고맙습니다. 두 분……."

창하가 둘 앞에 고개를 숙인다. 만리장성처럼 우뚝 서서 보내준 지지에 대한 보답이었다.

"이 선생님……."

샤워실로 가는 창하를 보며 채린이 중얼거렸다.

"우시네?"

"천만에."

옆에 있던 장혁이 정정을 했다.

"내가 봤거든."

"눈물이 아니라 안광이야. 절실한 진실을 규명한 사람만이 뿜어내는 눈빛 카리스마의 절정……."

"그런가?"

"그나저나 저 두 사람……."

장혁의 눈이 부검실 안으로 향했다.

"날벼락 맞은 얼굴인데?"

"날벼락은 무슨. 죗값으로 치자면 연금이고 뭐고 다 작살내고 교도소 골방에 처박아야 하는데……."

"이렇게 되면 차기 국과수 원장이 문제인데… 우리 이 선생이 등극하기엔 짬밥이 턱없이 부족하고……."

"아서세요. 이 선생님은 국과수 원장에 관심 없어. 그릇이 그 이상이거든."

"그건 격하게 인정."

장혁이 엄지를 세워 보인다.

복도와 달리 부검실 안의 분위기는 지옥 강림이었다. 원장의 어깨는 부서질 듯 떨렸다. 센터장 역시 입술을 물고 몸서리를 친다.

악몽이다.

그들의 생에 올 수 있는 최고의 악몽. 처음에는 그들도 이 악몽을 우려했다. 하지만 모든 게 순조로웠다. 경찰청장이 주도한 일이었으니 사건의 무마 또한 깔끔했던 것. 그 청장은 죽고 두 사람의 정년도 코앞이었다. 그렇게 잊혀가던 악몽. 그게 현실이 된 것이다.

"자네도 눈치 못 채고 있었나?"

원장이 넋두리처럼 중얼거렸다.

"전혀……."

"예시였군."

"예?"

"지난 검시관 공채 때 말이야, 이창하 혼자 응시했잖나."

"예……."

"면접실 문을 열고 들어오는데 돌연 시야가 막막하더라고. 그때는 내 노화의 과정으로 알았는데 이제 보니 그게 암시였어."

"원장님."

"그러고 보니 이 부검실⋯ 4번 방이군."

원장이 고개를 들었다.

"옛날 방성욱에게 에볼라 시신을 안겨줄 때도 4번 방이었지?"

"⋯⋯."

둘은 소금에 전 배추 꼴로 부검실을 나왔다. 십 년은 삭은 몰골이었다.

"선생님."

다음 날 오전, 서울 국과수 정보통 원빈이 창하 방으로 뛰어들었다.

"왜요?"

영국 법과학공사 시스템을 보고 있던 창하가 고개를 들었다.

"소식 들으셨어요?"

"무슨 소식요?"

"본원 원장님하고 센터장님이 동반 사표를 냈답니다."

"그래요?"

"지금 다들 난리예요. 소장님은 본원으로 내려가셨고요."

"……."

"과장님이 선생님 좀 오라고 하시던데……."

"알았습니다."

"저기 선생님……."

"……?"

"선생님은 아시죠?"

"뭘요?"

"원장님하고 센터장님 사표 낸 이유 말이에요."

"제가 그걸 어떻게 알겠어요?"

"어제 선생님 부검을 참관한 후에 돌연 낸 사표잖아요?"

"저는 아무것도 모릅니다."

창하가 웃었다.

"선생님."

"이번 차례 부검이 성폭행 사망 사건이죠? 가서서 고이 준비나 해주세요. 과장님 방에 들렀다가 갈게요."

창하가 방을 나왔다.

원장과 센터장의 사표.

큰 의미는 두지 않았다. 그들은 억울해할 것도 없다. 오히려 관대한 처분을 받은 셈이니까.

"아, 이 선생."

과장 방에 들어서자 통화하던 백 과장이 전화를 끊었다.

안에는 소예나와 피경철, 길관민 등이 와 있었다. 본원의 원장과 센터장의 동반 사표. 국과수의 이슈가 아닐 수 없었다.

백 과장의 궁금증은 원빈과 같았다. 돌연 서울의 부검을 참관했던 원장과 센터장. 돌아가는 즉시 사표를 던졌다. 그렇기에 창하가 내막을 알고 있다고 판단한 것이다.

"저는 원주에서 일어난 투신 시신의 부검을 한 것밖에는… 궁금하시면 이장혁 검사에게 여쭤보시지요."

답은 검찰 쪽으로 떠밀어 버렸다.

"그럼 저는 부검 때문에……."

오래 앉아 있고 싶지 않았다. 어차피 밝히기 어려운 전말이었다. 극히 일부가 엮어낸 국과수의 흑역사. 그 진실이 밝혀지면 국과수도 내상을 입는다. 그렇기에 더는 표면화시키고 싶지 않았다.

복도로 나오며 전화를 걸었다. 이제부터라도 바로 서야 하는 국과수. 오랜 왜곡 하나를 바로잡으려는 것이다.

"정 후보님, 저 국과수 이창하입니다."

창하의 전화를 받은 사람은 대선후보 정병권이었다.

*   *   *

퇴근 무렵 대기실로 달려가는 피경철을 보았다. 오늘만 세 번째 분투하는 피경철이었다. 이런 날 소예나는 조퇴를 하고 들어갔다.

"운동하려는 거 아니겠습니까?"

부검실의 광배가 한 말이었다. 본원의 원장과 센터장이 사표를 냈으니 줄줄이 승진에 이동이 될 판이었다. 소예나가 노리는 건 본원 센터장 아니면 서울 소장이었다.

"남편이 부장검사로 승진했으니 힘 좀 쓰지 않겠습니까? 적어도 서울 소장 정도는 꿰찰 것 같다고 하던데요?"

원빈도 나름의 정보망을 펼쳐놓았다. 그러면서…….

"원장이나 소장은 우리 이 선생님이 해야 하는 건데……."

애달픈 소망도 빠뜨리지 않았다.

"저는 자격도 없지만 시켜줘도 안 합니다. 두 분하고 끝까지 부검만 할 거거든요. 시어머니처럼 잔소리 팍팍 늘어놓으면서요."

창하의 응수였다. 그나마 권우재는 별로 나대지 않았다. 정말이지 첫인상과 달리 많이도 변한 권우재였다.

"이 선생."

부검복으로 갈아입은 피경철이 창하에게 손을 흔들었다. 직전 부검이 복잡했으니 야근을 해야 할 판이었다.

"퇴근?"

"네."

"가서 푹 쉬라고."

"먼저 가서 죄송합니다."

"무슨 소리야? 복불복인데……."

손을 들어 보인 피경철이 부검실 안으로 사라졌다. 언제나 그렇지만 싫은 기색조차 없었다.

복불복.

말은 맞았다. 하지만 세상은 그렇지 않다. 어느 조직이든 똑같다. 일하는 사람은 일만 하고 공을 챙기는 인간은 공만 챙긴다. 열심히, 성실하게 일하는 사람에게 돌아오는 건 다시 '격무'뿐인 것이다.

복도에 서서 피경철의 부검 광경을 바라보았다.

부검은 그의 천직.

완전한 몰입이다. 이제는 그 열정도 보상을 받을 때가 되었다. 원장과 센터장의 사표는 그 연장선상에 있었다. 또 다른 정치적 부검의들에게 그 자리를 물려주려고 벌인 일은 아니었다.

연공서열.

엿이나 먹으라지.

그 연공서열이 어떻게 만들어졌는데?

아부와 인맥, 배경 따위로 만들어진 연공서열이야말로 적폐로 불려야 할 이름이었다.

차를 이면도로에 세웠다. 인도로 올라오니 대선후보 선거 벽보가 보였다. 출마자는 무려 10명이다. 그 앞에 정병권의 사진이 붙었다. 처음으로 호감을 갖게 된 정치인 정병권. 오늘은 그를 만나러 온 참이었다.

그의 집은 인도에서 가까웠다. 마당에 배롱나무가 보였다. 배롱나무는 꽃이 늦게 핀다. 하지만 오래간다. 어쩌면 정병권의 정치 인생과도 닮은 나무였다.

총리가 되기 전, 그의 정치적 입지는 그리 높지 않았다. 어쩌면 총리가 된 것도 그 때문일 수 있었다. 튀지 않는 사람, 그래서 대통령을 돋보여 주는 사람……

하지만 총리가 되기 무섭게 역량을 펼치기 시작했다. 대통령의 빛을 침범하지 않으면서 국정을 챙기는 그 능력. 덕분에 무수한 경쟁자를 물리치고 여권의 대선후보를 차지한 것이다.

초반 그의 기세는 좋았다. 그러나 상대방도 사활을 걸었으니 이제는 혼전에 가까운 양상으로 접어들었다. 선거의 막바지에 접어들면서 불철주야 바쁜 정 후보. 그럼에도 찾아온 건 믿을 수 있는 사람이기 때문이었다.

사모님이 차와 다과를 내왔다. 정 후보의 귀가가 예정보다 늦는 것이다.

"세종시 유세하고 오는 길인데 수원에 돌발이 있어 잠시 들른다고 해요. 미안하지만 조금만 기다려 달라고……"

사모님이 상황을 전해왔다. 그녀는 정숙하고 단아하지만 창하를 대접할 여유는 없었다. 온갖 곳에서 걸려오는 전화로 눈코 뜰 새가 없었다.

1시간이 지났다.

"아유, 이거 미안해서 어쩌나……."

사모님이 새 차를 내왔다. 그걸 마실 때쯤 대문 열리는 소리가 들렸다. 정병권이 귀가한 것이다.

"이 선생."

그가 반색을 하며 들어섰다. 창하가 일어서니 포옹까지 해준다.

"죄송합니다. 일정이 분주하신데 저까지 신경 쓰게 해드려서……."

"무슨 소리입니까? 이 선생이 온다는 소리를 듣고 피로가 쫙 풀렸는데……."

"그러시면 다행이고요."

"앉아요. 우리 집이 요즘 전쟁터라서 꼴이 이렇습니다."

"별말씀을……."

"차는 마신 거 같고 약주라도 한잔할까요? 내가 피로 때문에 노른자 넣은 청주 한 잔씩을 마시고 자는데……."

"그러시면 한잔하겠습니다."

창하가 답하자 정병권이 몸소 청주 칵테일을 만들었다. 계란은 아마도 유세 때문으로 보였다. 전과 달리 군중 유세는 줄었다지만 소규모 게릴라식 유세만큼은 세몰이를 위해 필요했던 것.

"그래. 어쩐 일로 오신 겁니까? 기왕이면 제가 도와줄 수 있는 거라면 좋겠군요."

"송구합니다."

"아니에요. 안 그래도 일본 자민당 위원장 쪽에서 연락이 와서 전화 한번 하려던 참이었는데 우리가 이심전심인가 봅니다."

"일본요?"

"전에 말하지 않았습니까? 그쪽도 제 형편을 알아 심사숙고를 한 모양인데 수일 내로 사람이 올 모양입니다."

"예……."

"그러니 말해보세요. 저도 부탁하는 처지에 기브 앤 테이크가 되면 홀가분할 거 같습니다."

"실은……."

창하가 조심스레 말문을 열었다.

"오늘 국과수 본원 원장님과 센터장님이 사표를 내셨습니다."

"어, 그래요?"

정병권이 관심을 표명했다.

"해서 주제넘지만……."

창하의 목소리가 조용하게 이어졌다.

"하핫, 이거 좀 실망인데요?"

설명이 끝나자 정 후보가 웃었다.

"죄송합니다. 불쾌하셨다면 그냥 잊어주십시오."

"아니, 그런 게 아니에요. 이 사람 말은… 그런 자리가 비었으면 당연히 이 선생님이 가셔야지……."

"말씀드렸었지만 제 꿈은 민간 법과학공사 쪽입니다. 하지만 국과수에도 일하는 부검의가 대우받는 풍토가 필요합니다."

"민간 법과학공사가 내일 되는 건 아니잖습니까? 국과수 수장 한번 해보는 것도 도움이 될 거고요."

"저는 아직 신참에 불과합니다. 능력이 중요하다지만 제가 요직을 맡으면 오히려 조직에 불화가 될 수 있습니다."

"그 마음은 이번만 접수합니다. 다음에 기회가 오고, 이 사람이 영향을 미칠 수 있다면 그때는 내 마음대로 할 겁니다."

"……."

"역시 멋지네요. 그런 일로 달려오시다니… 다들 내로남불로 바쁜 세상인데……."

"이래저래 송구하게 되었습니다."

"아닙니다. 이런 거 모르고 그냥 넘어가면 제가 이 선생님을 어떻게 보겠습니까? 아주 잘 오셨습니다."

"그럼 일찍 쉬십시오. 그래야 내일 또 유세를 하시죠."

창하가 일어섰다.

"그 사람이죠? 당신이 늘 칭찬하던 국과수?"

창하가 나가자 사모님이 정병권에게 물었다.

"그래요. 내가 잘되면 청와대에 데려가고 싶은 1순위 인물이지요."

"당선되셔서 데려가시면 되잖아요."

"불러도 오지 않을 겁니다. 저 친구는 자리나 돈으로 움직일 수 없는 사람이에요."

"그래도 용케 저 마음을 잡으셨네요?"

"내가 잡은 게 아니라 저 친구가 내 마음속으로 들어와 준 거지요."

정병권의 시선이 창밖 하늘로 향했다. 창하만 생각하면 매번 흐뭇해지는 그였다.

이틀 후, 창하는 아침부터 바빴다. 소예나의 병가 때문이었다. 백 과장도 치아 치료로 반가를 내면서 인력이 부족해진 것.

이런 날은 부검이 몰린다.

"내가 오전에 둘, 오후에 둘 맡지."

배정을 맡은 권우재가 난감해하자 피경철이 자청하고 나섰다.

"저도 넷 맡겠습니다."

창하도 지지 않았다. 권우재의 어깨가 가벼워졌다.

"선생님, 너무 무리하시는 거 아닌가요?"

복도로 나온 창하가 피경철에게 물었다.

"후배들에게 짐 떠넘길 수 있나?"

피경철이 조용히 웃는다. 그 웃음에는 선배로서의 고뇌와 착잡함이 배어 있다. 소예나와 백 과장, 소장 등이 '승진 운동'을 하는 걸 모를 리 없는 그였다.

"이따 점심이나 같이해요. 제가 쏩니다."

"흐음, 고마운 제의지만 계산은 내가. 자네가 국과수 에이스라지만 허울뿐이지. 호봉 쳐주는 것도 아니지 않나?"

"그럼 저 비싼 거 먹을 겁니다."

"그러시게. 이 선생이라면 한우 갈비를 짝으로 먹어도 콜이야."

"고맙습니다."

격려를 받으며 부검실로 들어섰다. 첫 부검은 질식사였다. 시신은 한국 사람이 아니었다. 수산물 가공업체에서 일하던 외노자. 지하 탱크 청소를 위해 내려간 한국인 사수를 도우려다가 비극을 맞았다. 사수가 비명을 지르자 앞뒤 안 가리고 내려갔지만 정작 사망자는 그 자신이었다. 둘이 함께 구조가 되었지만 병원에서 숨을 거둔 것.

사고가 난 탱크는 수산물을 가공하는 과정에서 나온 찌꺼기를 모아두는 탱크다. 현장 상황과 더불어 외표를 매칭하면 질식사라는 걸 알 수 있었다.

문제는 보호자가 없다는 것. 이 외노자는 고국의 친척 집에 일곱 살 아들을 두고 있었다. 아들이 어려 올 수 없으니 경찰관만 입회를 했다.

질식사의 기전은 간단하다. 폐로 산소가 들어오지 못하면 끝장이 나는 것이다. 산소 결핍의 경우는 우주에서만 일어나는 게 아니다. 우물이나 지하 굴이 그렇고 터널 등에서 폭발 사고가 일어나도 산소 결핍이 올 수 있다.

우리가 사는 대기 중에는 산소가 약 20% 정도 존재한다. 이게 15% 이하로 떨어지면 위험에 처한다. 만약 5%가 된다면 몇 분 안에 사망하고 만다.

산소가 부족한 곳에 질소나 이산화탄소, 메탄가스 등이 있다면 더 위태롭다. 유독성 기체가 있다면 산소 20%의 유무와 상관없이 사망한다.

문제는 부검이었다. 산소 결핍에 의한 질식은 부검으로 밝히기 어렵다. 특징적인 소견이 나오지 않는 것이다. 그렇기에 이런 질식은 사망 당시의 환경이 중요하다. 창하 역시 환경을 참작해 사인을 냈다. 다른 요인은 없는 까닭이었다.

"안타깝네요. 불법체류자라서 별 보상도 못 받을 것 같던데……."

부검 결과를 통보받은 경찰이 한숨을 쉬었다.

두 번째도 질식이었다. 이번에는 여섯 살 어린아이. 친척 아이들과 놀다가 숨을 거두었다. 이 아이의 경우는 비닐봉지를 뒤집어쓴 게 원인이었다.

아이들끼리 장난을 하다가 혼자 남았다. 다른 아이들이 화장실로 달려간 것이다. 잠깐의 심심함을 이기지 못하고 비닐봉지를 뒤집어썼다. 오래지 않아 숨이 막혔다. 벗겨 버리려 했지만 되지 않았다. 날숨에 포함된 수증기 때문이었다. 그게 비닐봉지 표면에 작용하면서 벗겨지지 않은 것이다.

아이들이 돌아왔을 때 이 아이는 이미 숨을 거두었다. 죽은 게 아니라 장난을 하는 줄 알고 어른을 부르지 못한 아이들. 그들에게 책임을 물을 수는 없었다.

"아아학!"

젊은 엄마가 통곡을 한다. 아이의 엄마와 여동생은 저녁거리 시장을 보러 간 사이였다.

누군가의 주검이 행복을 안겨주는 경우가 있을까?

피경철의 오전 부검이 그나마 그쪽에 가까웠다. 평생 아내와 딸에게 폭력을 휘두르던 남편이 주취 후에 계단에서 추락해 사망한 경우였다. 이 금수 같은 인간은 자기 딸까지 성폭행한 전력이 있었다. 경찰로도 해결되지 않아 겁에 질려 살던 모녀, 부검이 끝나자 서로를 부둥켜안고 폭풍 절규를 했다고 한다.

"잘 죽었어. 다시는 태어나지 마. 다시는."

부검이 끝나기 무섭게 아내가 터뜨린 통곡이었다. 그건 사망자에게 보내는 눈물이 아니었다. 그의 지옥에서 벗어났다는 안도와 인생의 무상함이 모녀를 울게 한 것이다.

"나도 좀 찡하더군."

점심 식사 중에 피경철이 말했다. 목이 쉰 모녀에게 따뜻한

차 두 잔을 대접한 것도 그였다.

"선생님은 정말⋯⋯."

창하가 감격하자 피경철은 오히려 얼굴을 붉혔다.

띠롱따롱!

식사가 끝나갈 때 창하 전화기가 울렸다. 정병권 후보였다.

—이 선생, 오늘 저녁에 시간이 됩니까?

"예. 괜찮습니다만."

—그럼 퇴근 무렵에 일본 측에서 연락이 올 겁니다. 지금 한국행 비행기에 오르고 있다는군요.

"예⋯⋯."

—내 수행 비서 한 명이 공항으로 나가서 모실 겁니다. 일단 만나보시되 무리한 일이면 무조건 거절하십시오. 이 선생을 곤란하게 하고 싶지 않으니까요.

"염려 마십시오. 저도 공사 구분할 능력은 되니까요."

—어련하시겠어요. 그리고 엊그제 말씀하신 의견 말입니다. 하루만 늦었어도 속절없을 뻔했습니다.

"그렇게나 빨리 결정이 되는 겁니까?"

—선거철이니 공백을 두지 않으려는 거지요.

"그럼?"

—당사자에게 연락이 갈 겁니다. 그럼 저는 오후 유세 때문에⋯⋯.

정병권이 전화를 끊었다. 바로 그 순간, 피경철의 핸드폰이

요란하게 울렸다.

"모르는 번혼데? 보이스 피싱인가?"

피경철이 창하를 바라보았다.

"받아보세요. 아닐 수도 있잖습니까?"

"그런가? 여보세요."

전화를 받은 피경철, 돌연 얼굴이 하얗게 변했다.

"선생님."

"이거 진짜 보이스 피싱 같은데? 행안부라는 거야?"

"잠깐만요."

피경철이 내미는 폰을 받아 스피커를 켰다. 그러자 또렷한
목소리가 흘러나왔다.

─행안부 인사위원회입니다. 이번 국과수 인사에서 승진과
함께 서울 사무소장으로 임명되셨음을 알려 드립니다.

「서울 국과수 소장에 피경철」

"이봐요. 지금 무슨 말을……"

─다시 말씀드릴까요? 축하드립니다. 이번 국과수 인사에
서…….

스피커 안의 목소리가 반복되었다. 보이스 피싱이 아니라
일대 반전이었다.

"축하합니다. 소장님!"

창하가 소리쳤다.

전격 인사 발표…….

서울 소장은 본원으로 옮겨 갔다. 공석인 소장 자리를 두고 백 과장과 소예나가 운동을 했지만 결과는 피경철 쪽이었다. 피경철과 소예나, 권우재는 무보직 서기관. 누구든 승진을 하게 되면 소장이 될 자격은 충분했던 것.

"이 선생……."

피경철은 말을 잇지 못한다. 일만 아는 그가 꿈에라도 소장을 꿈꿨을까? 그 퀭한 눈가에 눈물만 그렁거리니 창하 심장도 뜨거워졌다.

'고맙습니다, 정 후보님.'

정병권에 대한 감사는 절대 잊지 않았다.

제5장

一

두 번 살해된 남자

출근길이 행복했다. 국과수에 불어닥친 변화 때문이었다. 이제 흑역사는 종식되었다. 소위 말하는 진짜 적폐의 퇴출이었다.

피경철의 승진이 그랬다. 만약 소예나처럼 자기 관리나 하는 사람이 승진된다면 어떨까? 일할 맛이 사라질 일이었다.

그 아침에도 피경철은 부검실에 있었다. 어시스트들과 함께 부검실 정비를 하는 것이다. 소장 내락의 전화를 받았으면 좀 쉬어도 되련만 부검에 대한 애정과 자부심만은 신도 말릴 수 없었다.

국과수 분위기는 고요했다. 아직 공식 인사 발령 소식이 뜨

지 않은 것이다. 창하도 내색 없이 첫 부검에 임했다. 대기실
에서 만난 경찰은 여형사였다.

「병원 약물 살인」

그녀가 내려놓은 조서의 타이틀이 시선을 끌었다. 병원에서
의 살인이라니? 의료사고에 분개한 환자가 의사라도 찌른 것
일까?

"간호사가 범인입니다."

여형사의 설명이 이어졌다.

송파에 위치한 국내 굴지의 병원이었다. 입원한 50대 남자
가 병실에서 숨졌다. 경찰이 수사에 나서자 간호사가 자수를
해왔다.

"제가 죽였어요."

그녀는 올해 합격한 신입이었다. 오리엔테이션이 끝나고 정
식 발령을 받은 지 3개월. 말수가 적지만 침착한 환자 간호로
수간호사의 눈에도 들었던 재원. 그런 간호사의 범행이었기에
병원이 뒤집힌 사건이었다.

"이유가 뭐죠? 맹장염으로 수술받고 마취가 안 깬 환자라고
하던데?"

창하가 물었다.

수술의 문제는 없었다. 더구나 이 간호사는 수술에 참가하지도 않았다. 일면식도 없는 환자. 회복을 위해 병실로 옮겨진 그에게 약물을 투여한 것이다.

"처음에는 말없이 울기만 하더군요. 그러다가 수간호사가 와서 설득하고 프로파일러가 투입되자 입을 열었어요."

"……."

"한마디로 모진 운명이더군요. 그 환자가 바로 간호사의 아버지랍니다."

"예?"

창하 눈빛이 튀었다. 점입가경이다. 수술 후의 환자를 죽인 것만 해도 의료인의 사명을 벗어나는데 아버지라니?

"두 시간 가까이 자백을 들었는데 참……."

여형사는 숨을 고른 후에 말을 이어갔다.

"죽은 사람 전과가 무려 52범이었습니다. 대한민국에서 저지를 수 있는 자잘한 범죄는 다 저질렀더군요. 거기에 상습 주취 폭력, 상습 가정폭력……."

'전과 52범?'

창하 어깨가 으쓱 올라갔다. 어떻게 하면 전과 52범이 될 수 있는 걸까? 날 때부터 교도소를 들락거리기라도 했단 말인가? 하지만 전과 50여 범은 불가능한 일이 아니었다. 전국적으로 보면 굉장히 많은 숫자란다.

"간호사가 중학교 1학년일 때 어머니가 이혼을 했답니다. 모녀가 가정폭력에 처참하게 시달렸는데요. 딸 생일날 일기장에 쓰인 말을 보고 용기를 냈다네요."

「아빠 없는 세상에 살고 싶다. 단 하루만이라도.」

"단 하루만이라도. 그 말이 남편의 폭력보다 아픈 어머니… 그날 밤도 부서지도록 맞았는데 경찰에 신고하는 대신 이혼장을 내밀고 도장을 받았답니다. 간호사와 어머니가 자유를 찾은 순간이었지요."

"……."

창하 머리에 피경철의 부검이 스쳐 갔다. 가정폭력은 이렇듯 가까이에 있었다.

"그때 살던 곳이 저 아래 지방이었는데 가방 하나 들고 서울로 왔답니다. 아버지의 후환도 두려웠고 호의호식을 한다고 해도 거기 있기는 싫었다네요."

"……."

"마음이 안정되자 공부에 몰입했고 저소득 전형으로 간호학과에 들어가 굴지의 A병원에 합격했다고 합니다. 그날 엄마를 안고 펑펑 울었다고요."

설명하는 여형사의 눈에 이슬이 맺힌다.

"그리고… 그날이었답니다. 맹장 수술을 마치고 배정된 환자… 하루 휴식을 마치고 병실에 들어섰을 때… 간호사는 심장이 멈추는 줄 알았답니다. 오랫동안 잊고 지내던 악마가 등장한 것이죠."

"……."

"한눈에 악마를 알아보았습니다. 이름과 팔뚝의 조악한 문신들… 계단참으로 가서 삼십 분도 넘게 숨을 골랐답니다."

그녀에게 지옥이 강림한 것이다.

"간호사는 거의 제정신이 아니었다고 하더군요. 용케 서울로 왔는데… 최고의 병원에 합격해 엄마와 행복하게 사는데……."

"……."

"수간호사를 찾아가 사정을 했답니다. 며칠만 다른 병실을 맡으면 안 되겠냐고? 사정을 모르는 수간호사는 당연히 거절을 합니다."

"저런."

"거기서 극단적인 선택을 한 모양입니다. 간호대학 강의 때 들은 환자 살해 사례를……."

"약물 투입이군요?"

"의료용 소독제라더군요. 벤잘코… 뭐라고 하던데?"

"벤잘코늄클로라이드."

"아, 맞습니다. 그겁니다."

"계면활성제입니다. 링거액에 넣으면 살인 판단이 어려울 수 있죠. 더구나 수술 직후라면 여러 가능성들이 대두될 테니까요."

"어머니가 몸이 약한데 충격받을까 봐 알리지 말아달라고 사정을 하는데… 하도 딱하다 보니 저희 형사들도 차라리 자수하지 말고 버텨보지 그랬나 하는 동정까지……."

"지금 경찰서에 있나요?"

"예. 본인이 직접 자수하고 사용한 약물도 제출했으니… 부검만 끝나면 검찰로 이첩할 생각입니다."

"다른 가능성은 전혀 없고요?"

"네 번째 재혼한 부인이 간병 중이긴 했는데 다른 사안은 없습니다. 범인이 자수를 한 거니까요."

"네 번째 재혼이에요?"

"곰도 구르는 재주가 있다더니 여자 후리는 재주는 좋죠?"

"……."

"알아보니 이 인간이 여자를 처음 만나면 간이라도 빼줄 듯 잘해준다고 하더군요. 거기에 속아 결혼하거나 동거를 하면 노예 취급을 하면서 폭력과 협박이 시작된다네요. 그게 워낙 잔혹하고 집요한 데다 가족들까지 위협하니 이혼도 쉽지 않았다고 합니다."

"그럼 지금 사는 여자도?"

"여긴 재혼한 지 삼 개월째랍니다. 부인이 별말 않는 걸 보면 아직 본성을 드러내지 않은 모양입니다."

"그분에게는 간호사가 구세주가 되겠네요."

"글쎄요. 자기 남편 살려내라고 간호사 머리채를 흔들며 닦아세우는데… 짚신도 짝이 있다는 생각이 들더군요."

"오늘 참관 왔나요?"

"예, 밖에 대기 중입니다."

"그럼 시작할까요?"

창하가 일어섰다.

기구한 운명의 아버지와 딸. 다시 생각해도 가슴 아픈 일이 아닐 수 없었다.

링거에 약물을 투입한 살인이다.

사용되는 약물은 헤아릴 수도 없다. 극단적으로는 물도 가능하고 소금도 가능하다. 그렇기에 소독제 사용에도 놀라지 않는 창하였다.

벤잘코늄클로라이드는 간단히 말해 비누의 성분이다. 독살의 규명이 어려운 건 사례 때문이다. 지구상에는 셀 수도 없이 많은 물질이 있지만 국과수의 분석기가 그 모두를 분석할 수는 없었다.

약물 분석은 혈액에 의한다. 분석 장치에 넣어 어느 정도의 혈중농도를 이루고 있는지를 알아내고 치사량을 계산한다.

사례와 치사량의 농도, 혈액 중의 농도가 팩트다.

이 세 가지 중의 하나가 없다면 난해해지는 게 약물 살인이었다. 그러니 형사들의 자조 섞인 동정도 일리가 있었다. 간호사가 입을 다물었다면 사인 도출은 불가능할 수도 있었다.

시신은 부검대 위에 있었다.

하트와 화살, 우정, 용기, 카르페디엠…….

온갖 조악한 문신이 눈을 차고 들어온다. 전문가의 솜씨가 아니다. 어쩌면 그 자신이 푸른 잉크로 직접 살을 떴을지도 모른다. 조악한 문신의 궁극은 두 개의 뼈 위에 그려진 해골이었다.

팔과 배에는 수많은 자해 자국이 있다. 누군가를 겁주기 위한 행동이다. 상처의 방향을 보면 알 수 있다. 팔에서는 아래위로 나고 복부에서는 횡으로 긴 상처라면 거의 틀림이 없다.

"부검 시작합니다."

메스를 꺼냄으로써 오늘의 부검에 착수했다. 현재의 아내는 어떤 말도 없었다. 여형사 뒤에서 우묵하게 바라볼 뿐이다. 인간은 상대적이다. 만약 두 사람이 부창부수로 죽이 잘 맞는 사이였다면 그녀도 비통할 수 있었다.

머리부터 발끝까지 체크했다.

깨끗한 곳은 하나도 없었다. 크고 작은 흉터는 면면히 이어지고 모기와 벌레가 많은 곳인지 혈관에도 물린 자국들이 지천이었다.

가장 심각한 곳은 물론 맹장 수술 부위다. 복강경으로 했다지만 실밥조차 아물지 않은 상태였다.

외표 검사를 끝내고 메스를 잡았다. 간호사가 자수를 한 사건. 어쩌면 채혈로 약물의 농도만 확인해도 되는 사건이었다. 하지만 그럴 수 없었다. 시신은 주취 폭력 전문에 술에 절어 사는 사람. 천운이 간호사를 돌본다면 다른 사인이 나올 수도 있었다.

간은 차마 못 볼 꼴이었다. 지방간으로 뒤덮여 황금색을 이룬다. 하지만 다른 장기들은 건재했다. 위장에도 흔한 위염 하나 없었다. 신장도 깨끗하고 대장도 깨끗하게 나왔다.

'쩝.'

쓴 물이 넘어갔다. 시신에는 격차가 없다. 그러나 생전에 첫 아내와 딸에게 모진 폭력으로 가해한 사람. 마지막 가는 길에 내인사에 해당하는 사인이 나오면 속죄라도 되련만……

"분석 좀 부탁해요."

소변과 혈액을 원빈에게 넘겼다. 잠시 짬을 이용해 창밖을 내다본다. 인사 발표는 아직인 걸까? 복도와 주차장은 조용하기만 했다.

얼마나 지났을까? 분석실에서 전화가 왔다.

―이 선생님.

"결과 나왔나요?"

―검출할 성분이 계면활성제 중에서 벤잘코늄클로라이드라고 하셨어요?

"예."

─혹시 착각하고 계신 거 아닌가요? 계면활성제이긴 한데 계열이 다른데요.

"그럴 리가요? 그걸 놓은 간호사가 자수를 했고 범행에 쓴 약물도 확보되었다던데?"

─제가 세 번이나 반복했는데… 혹시 모르니 채혈 한 번 더 올려주시겠어요?

"그러죠."

전화를 끊고 채혈을 추가했다. 창하가 직접 가져다주었다. 간호사는 놓았다는데 검출되지 않는다니 궁금해진 것이다. 그새 분해라도 되었단 말인가?

"아유, 그렇다고 직접 오시면……."

연구원이 얼굴을 붉혔다.

그녀가 재분석을 걸었다. 자동 분석기가 삑삑거리더니 결과를 토해놓았다.

스테아랄코늄클로라이드(Stearalkonium Chloride).

농도가 찍힌 건 엉뚱하게도 스테아랄코늄클로라이드였다. 벤잘코늄에 못지않게 독성이 강한 양이온성 계면활성제다.

별수 없이 경찰이 압수한 소독제를 함께 분석했다. 그건 벤잘코늄이 맞았다. 게다가 간호사가 일하는 병동에서는 스테아랄코늄을 구매한 적도 없었다.

"혹시 옛날에 쓰다 남은 게 있었던 것 아닐까요?"

창하 설명을 들은 여형사가 답했다.

"어쨌든 시신의 혈액에서 검출되지 않기는 마찬가지입니다."

"그럼 대체?"

난감해하는 여형사의 어깨 너머로 보호자가 보였다. 주차장으로 나간 그녀, 누군가와 통화를 하고 있었다. 간간히 미소도 엿보인다. 부검실 안에서의 표정과는 아주 달랐다.

"선생님."

여형사가 창하를 돌아보았다.

"예?"

"간호사가 주사했다는 벤잘코 뭔가가 검출되지 않았다는 거죠?"

"그렇습니다."

"만에 하나 간호사가 약물을 놓았는데 검출되지 않을 수도 있습니까?"

"그런 경우라면… 아. 잠깐만요."

창하가 부검실로 뛰었다. 그런 경우가 있었다. 약물을 주사했는데 몸에 퍼지지 않은 경우. 심장이 멈췄다면 그럴 수 있었다. 그런 경우의 약물은 바늘이 들어간 부위로 새어 나온다. 하지만 전부는 아니다. 혈관 주위의 혈액에 남았을 수도 있었다.

조서에서 본 주사 부위에서 혈관을 잘라냈다. 체표도 면봉으로 닦아 다시 분석 팀에 보냈다. 기다리는 시간은 또 한 번 긴장이다.

띠롱띠롱!

부검실 전화기가 울었다.

─벤잘코늄클로라이드가 나왔답니다.

전화를 받은 원빈이 말했다.

"형사님."

창하가 여형사를 불렀다. 그 귀에 대고 생각을 속삭였다. 밖의 보호자는 여전히 통화에 여념이 없었다.

"선생님."

체크를 마친 여형사가 다가왔다.

"저 네 번째 와이프 말입니다. 얼마 전까지만 해도 동네 병원에서 간호조무사로 근무했다고 합니다. 그 병원에서 쓰는 소독제가 스테아랄코늄클로라이드고요."

"⋯⋯!"

창하의 머리카락이 쭈뼛 솟구쳤다. 설마 하던 생각이 적중한 것이다.

"잠깐만 기다리세요."

여형사가 다시 나갔다. 다시 돌아온 여형사, 창하에게 낭보를 풀어놓았다.

"선생님, 저 여자가 진범입니다. 자기가 주사를 놓았답니다."

"예?"

"화장실로 데려가 치마를 걷었더니 온몸에 상처투성이더군요. 그것과 약물로 추궁하니 결국 자백을 했습니다."

"······?"

동거 한 달 후부터 모진 폭행이 시작되었는데 이웃에 여동생과 조카들이 살다 보니 그 협박에 신고도 못 했다네요. 이 인간 안 죽이면 내가 죽겠다 싶었는데 자기도 당하고 살 수 없어 보험을 들어두었답니다. 그러던 차에 마침 맹장 수술을 하게 되자 병원 다닐 때 가져다 둔 소독제로······."

회복실로 옮기기 무섭게 주사를 꽂아버렸다. 수술이 끝나고 주사 자국들 투성이니 최적의 기회로 판단한 것이다. 그녀의 입장에서는 일생일대의 기회이자 자구책, 동시에 보상책이었다. 그녀 역시 간호사로 일하면서 주워들은 게 있었던 것이다.

그걸 모르는 친딸 간호사가 다른 소독제를 주사한 것. 그러나 이미 선행 투약으로 인해 심장이 멈추는 과정이었기에 간호사의 약물은 확산되지 못한 것이다. 인간 말종의 남자는 두 번 죽음을 당한 꼴이지만 동정이 가지 않았다.

네 번째 처가 구속되고 간호사는 풀려났다. 악마와의 영원한 이별이었다. 병원에서는 파면을 당했지만 실형은 면했다. 그것만으로도 만족하는 간호사 모녀였다. 경찰서에서 나오던 날, 모녀는 또 한 번 얼싸안고 눈물바다를 연출했다.

"이야, 진짜 드라마틱하네요."

전후 사정을 파악한 원빈이 혀를 내둘렀다. 하지만 국과수의 드라마틱한 분위기는 그 후에 일어났다. 마침내 인사 발령의 나팔이 울린 것이다.

제6장
—
판은 내가 짠다

「서울 사무소 소장 피경철」
「서울 사무소 검시과장 권우재」

뚜우뚜우.

인사가 공개되었다. 본원 원장은 본원의 법생화학부장이 승진, 내정되었다. 서울 소장과 백 과장은 본원으로 자리를 옮겼고 본원의 나도환 검시관이 서울 사무소로 보직 이동 했다.

최고의 파격은 역시 피경철이었다. 국과수의 모든 직원들이 뒤집어지고 말았다. 만년 검시관 피경철. 마침내 빛을 본 것이다.

인사 소식이 인터넷을 비롯한 신문지상에 발표되자 꽃다발이 줄을 지었다. 현역 검시관 중에 최다 부검을 자랑하는 피경철. 그렇기에 각 경찰서를 비롯한 지인들조차 축하의 마음을 보내준 것이다.

"축하합니다. 소장님."

창하의 꽃다발은 99송이의 장미였다.

"이 선생."

부검실에서 나온 그가 어쩔 줄을 몰라 했다.

"100에서 하나를 뺀 건 다음에 원장이 되시라는 염원입니다."

"너무 과한 거 아닌가? 김영란법에 걸리면 어쩌려고?"

"법보다 마음이 우선 아닙니까? 처벌은 달게 받겠습니다."

창하의 진심이었다. 평생의 보상을 받는 것이니 그는 축하받을 자격이 충분했다. 김영란법으로 판단할 일이 아니었다.

"고맙네."

"이제 소장님이 되셨으니 메스는 그만 내려놓으시죠."

"무슨 소린가? 소장은 검시관 아닌가? 나는 정년 때까지 부검실을 떠나지 않을 걸세."

"어우, 그럼 소장님 업무까지 겸해서 격무가 될 텐데요?"

"되라지. 아무튼 내 사무실은 부검대일세."

피경철이 웃었다. 그러면 그러고도 남을 사람이었다. 더불어 국과수 소장이라고 부검하지 말라는 법도 없다. 다만 보직

간부가 되면 관습적으로 부검을 면해줬을 뿐이었다.

"뭐야? 내 꽃은 없어?"

웃고 떠드는 사이에 권우재가 다가왔다.

"왜 없겠습니까?"

창하가 꽃을 내밀었다. 그의 것은 장미 한 송이였다.

"응? 나는 꼴랑 한 송이?"

"김영란법이라지 않습니까? 한 번 어긴 건 참작이 되겠지만 두 번 어기면 상습범이 됩니다. 그러니 과장님이 이해하시죠?"

"허헛, 말 되네?"

"그렇죠?"

"아무튼 저도 축하드립니다. 제가 승진한 거보다 피 선배님이 소장 되신 게 더 기쁘네요."

권우재가 피경철에게 축하를 건넸다.

"미안하게 되었네. 소장은 자네나 소예나 선생 같은 사람이 해야 하는 건데……."

"별말씀을요. 능력은 부족하지만 성심껏 모시겠습니다."

"모시다니. 그냥 다 같이 가세. 누가 뭐래도 우린 검시관들 아닌가?"

"그럼 오늘 저녁은 제가 쏩니다."

"안 되지. 우리 사모님이 벌써 카드 한도 제한까지 풀어주셨다네. 밤새워도 된다니 좋은 데 가서 배 터지게 먹어보세나."

"다들 들었죠? 오늘 저녁은 소장님이 쏩니다. 시간들 비워

두세요."

권우재가 상황 정리에 들어갔다.

인사는 빠르게 매조지되었다. 취임식은 간단하게 치렀다. 피경철답게 구내방송으로 대신했다. 소위 '가오' 따위는 잡지 않겠다는 게 그의 소신이었다.

신임 소장의 취임 축하연.

창하는 참석하지 못했다. 일본에서 날아온 인사와의 선약 때문이었다.

"고맙네."

회식 불참의 미안함을 전한 창하. 피 소장은 따뜻한 한마디로 창하의 미안함을 덜어주었다. 그래도 뜨겁게 껴안은 포옹만은 오래 풀지 않았다. 이심전심이라고 그는 자신의 영전이 어디서 비롯되었는지 아는 눈치였다.

"최고의 소장님이 되실 겁니다."

한 번 더 축하의 말을 남기고 약속 장소로 향했다.

"소오타입니다."

호텔의 일식당 VIP석, 일본에서 온 소오타가 허리를 숙여왔다.

"이창하입니다."

창하의 인사말도 일본어였다.

"일본어 할 줄 아십니까?"

소오타의 눈이 휘둥그레졌다. 한두 마디의 인사가 아니라 발음도 큰 문제가 없었던 것.

"틈틈이 공부해서 기본 대화 정도는 가능합니다."

"오!"

"그럼 두 분이 말씀 나누시렵니까?"

정병권 후보가 보내준 측근이 즉석 제안을 했다. 일본 측에서 보안 사항으로 다루고 있는 사건들. 알아서 분위기를 조성하는 것이다.

"그래 주시면 고맙겠습니다."

"저도 큰 관계 없습니다."

소오타에 이어 창하가 답했다.

"그럼 저는 밖에서 기다리고 있겠습니다."

문 소리와 함께 측근이 나갔다.

"이창하 검시관님… 명성은 익히 들었습니다."

소오타의 얼굴이 한결 편안해졌다.

"명성이라뇨? 제가 할 줄 아는 건 부검뿐입니다만……."

"그렇죠. 부검… 바로 그것 때문에 제가 현해탄을 건너왔지 뭡니까?"

"이제 말씀해 보시죠."

"먼저 이것부터……."

소오타가 아이패드를 꺼내놓았다. 화면을 불러내니 한국의 미궁 살인 보도 화면이 나왔다. 몇 화면을 넘기자 중국 오성

기가 나온다.

"저희 정보망으로 알아낸 바에 의하면 중국에서도 이와 유사한 일이 일어났더군요. 그러던 와중에 이 선생께서 중국으로 가셨고……."

"……."

"이후로 중국은 잠잠해졌죠."

소오타의 손가락이 다시 움직였다. 화면에 중국의 방송 캡처가 떠올랐다. 테러 대비 실전 훈련 장면이었다. 표면상은 그렇지만 미궁 살인마를 검거하던 때였다. 일본의 첩보 능력은 혀를 내두를 수준이었다.

"이 훈련 기간에 선생은 중국에 있었습니다. 그렇죠?"

"……."

"그 중국행은 사실 정병권 대선후보, 즉 당시 대한민국 국무총리의 주선이었고요."

"……."

"맞습니까?"

"제가 답해야 하는 사안입니까?"

창하가 물었다.

"저희로서는 굉장히 중요한 일이라서요. 동시에 선생과 우리, 두 측의 시간을 아끼는 일이 될 수도 있습니다."

"맞습니다."

"좋습니다. 그럼 본론으로 들어가죠."

다시 화면이 넘어간다. 소오타가 찾아놓은 건 어린아이의 동영상이었다. 노란 유치원복을 입었다. 어찌나 귀여운지 여자처럼 보이는 꼬마였다. 까르르 까르르 웃을 때마다 구슬 구르는 소리가 났다.

"오카다 렌, 올해 여섯 살이었습니다."

"……."

창하가 촉을 세웠다. 과거형으로 말하니 소년은 죽었다는 의미로 들렸다.

"천사처럼 명랑하던 렌은 이런 모습으로 발견이 되었습니다."

화면이 넘어갔다.

'윽!'

창하 안면에 경련이 스쳐 갔다. 소년이 누워 있다. 노란 유치원복을 입은 그대로다. 다음은 옷을 벗겨놓은 사진이다. 횡경막 부분의 손상이 시선을 차고 들어왔다. 주변에 약간의 혈흔이 튀었지만 미미할 정도로 깨끗했다. 손이 들어간 위치는 왼쪽이었다.

빠르게 사태를 파악했다. 경찰병원에 모란꽃을 놓고 간 또 하나의 살인마. 일본에서 살육을 일삼는 것이다. 100% 확신하기 힘든 건 여덟 링의 부재였다. 살짝 서리는 것 같기는 한데 한국의 것들에 비해 턱도 없이 약했다.

"오카다 도시히로 위원장님의 손자로 한국식으로 치면 5대독자가 되겠습니다."

'오카다 도시히로?'

"오카다 위원장은 자민당의 차기 총리 후보십니다."

차기 총리 후보?

그렇다면 엄청난 거물이었다.

"어떻습니까? 오카다 렌의 시신……."

소오타가 조심스레 물었다.

"무엇을 알고 싶으신 겁니까?"

"한국의 그 사건들과 같습니까?"

"이런 류의 사건은 이 소년 단 한 건입니까?"

"……."

"그것도 보안인가요?"

"아닙니다. 몇 건 더 있습니다."

"그 자료도 볼 수 있을까요?"

"죄송합니다. 여기에 든 건 렌의 자료들뿐입니다."

"좋습니다. 부검을 하지 않았으니 장담할 수 없지만 이렇게 죽었다면 한국의 사건과 같은 계열이라고 봐도 무방할 것 같습니다."

"부검은 했었습니다."

소오타가 다른 화면을 띄웠다. 부검 장면이 나왔다. 막 절개를 하고 가슴을 열어놓은 그림이었다.

"……!"

창하의 눈빛이 잠시 구겨졌다.

"이게 가슴을 연 직후의 사진입니까?"

"그렇습니다."

"……"

창하 시선이 흔들린다. 한국의 그것과 양상이 조금 달랐다. 내부의 장기가 움직인 것이다. 부검의가 대충 쑤셔 넣은 것인가?

"특별 수사 팀을 꾸려 범인 체포에 나서고 있지만 아직 성과가 없습니다. 해서 선생의 조언을 구하게 된 것입니다. 게다가……"

"……"

"우리 위원장님께서 이 일로 인한 충격으로 병상에서 일어나지 못하고 계시기에……"

"화면만으로는 한국의 사건들과 유사합니다."

창하가 답했다.

"중국과는요?"

"역시 유사합니다."

"그렇다면 이창하 선생."

소오타가 자리에서 일어섰다. 그러더니 창하 앞에 고개를 조아렸다.

"왜 이러십니까?"

놀란 창하가 손을 저었다.

"이제 우리를 좀 도와주십시오."

"소오타 선생님."

"렌 외에 여러 사람의 잔혹한 주검은 열도의 모든 사람들이 애도하고 있습니다. 그러나 사안이 잔혹하고 처참하니 상세 보도조차 하지 못하는 상태입니다. 경시청 인력이 총동원되었음에도 범인은 오리무중입니다. 위원장님의 원한 관계를 살폈지만 그 또한 진전이 없고요. 그러니 여전히 괴로운 건 위원장님뿐인데……."

"……."

"이분은 정병권 후보와 각별한 사이이기도 합니다. 작금의 한일 양국 정세 경색에 대해 한국 측 입장을 공감하는 분이기도 하고요. 만약 위원장님께서 자리를 털고 일어나지 못한다면 정치적 기반이 무너지게 될 겁니다. 그렇게 되면 한국과의 경색 상황도 장기화될 수 있습니다. 부디 바른 해법을 찾아서 렌의 주검을 위로하고 위원장님이 혼연히 일어날 수 있도록 해주십시오."

"그 말은 제가 이 사건 해법을 주면 일본의 망령된 행동으로 촉발된 한일 양국의 경색에 대해 전적으로 책임을 통감하는 조치를 시행한다는 뜻입니까?"

"당내 반대파들이 있지만 위원장님 생각은 그랬습니다. 하지만 와병이 길어지면 당에서 영향력이 줄어들게 되니……."

"도와드리죠."

창하가 답했다.

"오, 정말이십니까?"

"그러니 일단 일어나 자리에 앉으십시오. 제가 불편합니다."

"예, 그럼……."

소오타가 일어섰다.

"대신 조건이 맞아야 합니다."

"조건이라면……?"

"중국 일을 먼저 거론하셨으니 간단히 상기시켜 드립니다만 저 말고 다른 나라의 검시관이 옵니까?"

"송구하지만 이미 다녀갔습니다."

소오타가 고개를 조아렸다.

"솔직해서 좋군요. 그럼 이와 관련된 사건에 대해서 모든 정보 제공과 함께 독자적 활동을 보장해 주셔야 합니다."

"그건 문제없습니다."

"신변 보장도 물론입니다."

"지극히 당연한 일이고요."

"좋습니다. 그렇다면 아까 하신 말을 정식으로 듣고 싶군요."

"한일 양국의 정세 경색에 대해 우리 일본의 책임을 통감하고 양국 관계의 회복을 위해 정중하게 사과하고 노력한다는 것 말씀입니까?"

"예."

"그거라면 백번이라도 말씀드리죠. 위원장님의 특명을 받고 온 저니까요."

"제 말은 오카다 위원장님에게 직접 듣고 싶다는 겁니다."

창하 눈빛이 소오타에게 꽂혔다. 소오타는 감전이라도 된 듯 호흡을 멈추고 말았다. 꼼짝도 하기 어려운 압도감이었다.

"제가 특사라고 하지 않았습니까? 이는 정병권 후보께서도 아는 일……."

"안 된다는 겁니까?"

"아니, 그게 아니라……."

"입장을 분명히 하십시오. 예스인지 노인지."

창하의 목소리는 이제 천둥을 닮고 있었다. 판은 내가 짠 다. 창하의 생각은 명쾌했다. 소오타의 이마에 식은땀이 보였 다. 테이블에 올려둔 한 손은 지진이라도 났는지 속절없이 떨 고 있다.

그의 입은 한참 후에야 열렸다.

"위원장님과 통화부터 하겠습니다."

"그러시죠. 단 전후 설명은 하지 마시고 그분이 받는 즉시 제 말을 전하십시오. 조금이라도 주저하시거나 다른 설명이 나오면 저는 없었던 일로 하고 돌아가겠습니다."

창하의 최후통첩이 나왔다. 소오타가 끼어들 틈을 원천 봉 쇄 하는 것이다.

뚜우!

국제전화 신호음이 현해탄을 넘어간다. 그 짧은 동안에도 소오타의 입술은 혀뿌리 끝까지 말라 들어가고 있었다.

＊　　　　＊　　　　＊

　—모시모시?

여자 목소리가 나왔다. 통화는 스피커 모드였다.

　"사모님, 저 한국에 온 소오타입니다."

　—그분 만나셨나요?

　"만났습니다."

　—얘기는 잘되고 있어요?

　"그보다 오카다 위원장님 부탁드립니다."

　—직전에 잠이 드셨는데…….

　"죄송합니다. 일이 그렇게 되었습니다."

　—알았어요. 잠깐만요.

일본어가 잠시 멈췄다. 소오타가 슬쩍 창하를 바라본다. 창하는 추호의 흔들림도 없는 눈빛이었다.

　—소오타? 날세.

스피커에서 노익장의 목소리가 흘러나왔다.

　"위원장님."

　—한국의 검시관을 만났다고?

　"예."

―허락을 받았나?

"송구하지만 이분께서 위원장님이 약조하신 것을 육성으로 확인하고 싶어 합니다."

―내 약속?

"지금 제 앞에서 통화를 함께 듣고 있습니다."

―소오타 앞에?

"예."

―내 약속을 육성으로 듣고 싶다?

"예……."

―이대로 말하면 되는 것인가?

"예."

―알겠네. 이창하 선생님, 제 말이 들립니까?

"들립니다."

오카다의 질문에 창하가 답했다.

―반갑습니다. 시간을 내줘서 고맙고요.

"예……."

―소오타가 한 말은 다 진실입니다. 무슨 말을 했건 제가 책임을 집니다. 그래, 어떤 말을 제 입으로 듣고 싶은 겁니까?

"관련 사건에 대한 모든 정보 제공과 독자적 활동 보장… 그리고……."

―한일 양국의 정세 경색에 대해 우리 일본의 책임을 통감하고 양국 관계의 회복을 위해 정중한 사과와 함께 노력한다

는 것 말이군요.

오카다의 발언이 나왔다. 창하가 말줄임표로 쉬어간 이유였다. 창하의 입이 아니라 오카다의 입으로 들어야 했다.

"그렇습니다."

―약속하죠. 내 손자를 그 꼴로 만든 범인만 잡게 해준다면… 당장 떨치고 일어나 총리와 반대파 의원들을 설득해 소모전을 끝내도록 하겠습니다.

"그 말씀을 믿고 일본에서 뵙겠습니다."

―기다리겠습니다. 소오타, 불편하신 점 없이 극진히 모시고 오시게.

당부와 함께 통화가 끝났다.

"닦으시죠."

창하가 내민 건 티슈였다. 소오타의 얼굴에는 쉴 새 없는 땀이 흐르고 있었다.

"부검의들이 보통 분들이 아닌 건 알고 있었지만 굉장한 강단이군요. 솔직히 이런 제안은 한국의 국회의원들도 함부로 하지 못하는 사안입니다."

"저는 국회의원이 아니니까요."

창하의 답은 간단했다.

"그럼 언제 출발하실 수 있습니까?"

"내일 오후면 되겠습니다."

잘라 말했다.

창하도 질질 끌 생각은 없었다.

22분.

1시간 5분.

두 부검에 걸린 각각의 시간이었다. 이른 아침 국과수로 달려온 창하, 원빈이 오기 무섭게 부검을 시작했다. 광배는 조금 늦게 합류를 했다.

"미안합니다."

광배 입이 열리기 전에 창하가 먼저 말했다. 근무 시간이 되기 전에 부검을 시작한 건 창하였기 때문이다.

22분짜리 부검대의 시신은 유명한 유튜버였다. 날씬한 몸매의 소유자인 그녀는 앉은 자리에서 눈도 깜짝하지 않고 12인분을 먹어 치운다고 한다. 얼굴도 미인형이라 구독자가 10만을 넘었다.

먹방 유튜버들은 경쟁자가 많았다. 구독자들의 요구 사항도 많았다. 그렇기에 새로운 먹거리 소재를 찾아야 했던 미녀 유튜버. 아기 주먹 크기의 슈퍼 탕수육에 도전하다 사달이 난 것이다.

그녀는 방송 도중 쓰러졌다. 팬들이 전화를 때려 119 구급대가 왔지만 이미 늦었다. 응급실에 도착하기도 전에 숨이 끊겼다.

기도에 원인이 있었다. 후두개가 열린 상태에서 슈퍼 탕수

육을 폭풍 흡입 하다가 기도로 유입된 것. 돌이킬 수 없는 사망의 원인이 되었다. 기도 폐색에 의한 호흡장애였다.

유튜버의 대세 물결을 타고 개나 소나 시도하는 먹방. 인기도 좋지만 목숨까지 거는 건 곤란하다. 구독자 수가 사고의 면책까지 책임지는 건 아니기 때문이다.

두 번째 부검까지 마치고 피경철의 부검실 앞에서 기다렸다. 역시 피경철이다. 아침 결재를 마치고는 바로 부검실로 향한 것이다. 회식 자리에서는 권우재의 반대에도 불구하고 1일 1부검만은 고수하겠다는 선언까지 했다고 한다. 검시관이 절대 다수 부족한 국과수. 한 사람이 놀면 한 사람 손이 더 바빠진다. 누구보다 그 사실을 잘 아는 그였다.

"응?"

형사와 함께 나오던 피경철이 창하를 발견했다.

"이 선생?"

"드릴 말씀이 있어서요. 소장님."

"일본 가는 거?"

"어, 어떻게 아셨습니까?"

창하 눈이 휘둥그레졌다. 아직 운을 떼지 않았기 때문이었다.

"으음, 이 선생도 나를 허당 취급하는 건 아니겠지?"

"당연히 아니죠. 하지만……."

"아침에 관계 부처에서 연락이 왔다네. 긴급한 사안이니 자네의 일본 파견을 결재해 주라고. 알려주려고 나왔더니 그새 부검실로 들어가 버렸더군."

"예……."

짐작이 간다. 정병권 후보 쪽에서 손을 써준 모양이었다.

"뭐 하나? 빨리 씻고 공항 갈 생각 않고. 대한민국 국과수 에이스가 비행기에서 시취 풍기면서 냉대받으면 곤란하지."

"소장님……."

"몇 시 비행기인가?"

"오후 4시입니다."

"그럼 슬슬 출발하면 되겠군?"

"예……."

"씻고 보세. 공항 배웅은 내가 하겠네."

"예?"

"왜? 내 운전 실력이 못 미더워서?"

"그, 그럴 리가요."

"그럼 이따 보세나. 내 시신도 부패가 많이 진행된 터라 나도 씻어야 하네. 아니면 이 선생에게 냄새 옮겨줄 수 있으니……."

피경철은 형사를 앞세우고 복도를 걸어 나갔다.

"선생님, 일본 가신다고요?"

광배가 쫓아와 물었다. 원빈에게는 귀띔을 했지만 광배에게는 아직 말하지 못한 창하였다.

"그렇게 되었습니다. 일본 검시 제도 좀 돌아보려고요."

"아이고, 나는 또 본원으로 이동되는 줄 알고 식겁을 했습니다."

"선생님이야말로 저 없는 사이에 그리 가시면 안 됩니다."

창하가 엄포를 놓았다. 어시스트들도 이동을 하는 경우가 있었기 때문이다.

"걱정 말고 잘 다녀오기나 하세요. 일본 부검의들에게 부검 시범 보일 일 있으면 기 좀 팍팍 꺾어주고 오시고요. 그래야 한국 무서운 줄 알 거 아닙니까?"

"그렇게 하죠."

대답을 하고 돌아섰다. 피 소장과 약속한 시간 때문이었다.

샤워를 끝낸 후에 권우재 과장에게 들렀다. 소장의 통보를 받은 그가 장도 봉투를 내밀었다. 사양하지만 극구 쑤셔 넣는다. 원빈과 광배, 수아도 다르지 않았다. 거절해도 소용없다는 걸 아는 창하. 이번에는 얌전하게 챙겼다. 올 때 기념품으로 되갚을 생각이었다.

'오케이.'

어젯밤 채린을 만나 얻은 일본 정보와 함께 백택의 메스를 챙긴 후에 구내전화를 들었다. 하지만 피경철이 한발 빨랐다.

—주차장이네. 내려오시게.

핸드폰으로 연락이 들어온 것이다.

"그때 말이야, 이 선생이 첫 출근한 날……."

공항 고속도로에 접어들며 피경철이 운을 뗐다.

"실은 전날 밤에 꿈을 꾸었다네. 광막한 광야에서 빛 한 줄기가 녹아드는……."

"그러셨어요?"

조수석의 창하가 장단을 맞춘다.

"그날 이 선생을 보는데 그 빛 느낌이 나는 거야. 아, 이 친구 제대로 검시관 좀 되겠구나 싶었어."

"……."

"지금 아부 떠는 걸세. 모처에서 언질이 들어왔거든."

"모처라면?"

"이번 인사 말이야… 다른 건 몰라도 내 자리는 자네의 추천이 반영되었다고 하더군."

"예?"

"놀라는 척할 필요 없네. 그 전화가 아니더라도 자네가 막후일 줄 알았네. 세상에 누가 나처럼 꽉 막힌 놈을 과장 보직도 아니고 소장 자리를 주겠나? 승진까지 시켜가면서 말이야."

"참… 소장님이 뭐 어때서요?"

"전임 원장과 센터장의 사표… 자네였지?"

"……."

"말하기 곤란하면 안 해도 되네."

"맞습니다. 제가 두 분에게 사표를 종용했습니다."

창하가 답했다. 피경철에 대한 신뢰는 강철과 같은 것. 이제는 정리가 되었으니 밝혀도 될 일이었다.

"……."

피경철이 창하를 돌아본다. 눈동자에 질문이 담겨 있다.

왜?

원망이 아니라 갈망이다.

"방성욱 과장님을 죽게 한 에볼라… 당시 벌어진 경찰청 사건을 덮기 위해 그 두 사람이 의도한 일이었습니다. 그러나 사건을 주도했을 당시의 경찰청장이 이미 죽었기에 그렇게라도 죗값을 물었습니다."

"역시 그랬군."

"……."

"면목이 없네."

"소장님이 어째서요? 일부에서 권력층과 결탁해 감투와 보상을 노릴 때 홀로 분투하면서 국과수를 지키셨습니다. 소장님은 요즘 말로 무한 까방권을 가지신 분입니다."

"이 선생……."

"소장님의 승진은 너무 당연한 일입니다. 제가 장 후보님을 뵙고 의견을 드리긴 했지만 그게 다가 아니죠. 그동안 쌓아놓으신 업적으로 당당하게 보상을 받은 것뿐입니다."

"고맙네."

"소장님."

"방성욱 과장님 일 말일세. 나도 마음 한편에 석연찮은 느낌이 있었는데… 동시에 부끄럽기도 하고……."

"이제 국과수의 흑역사는 모두 정리되었습니다. 앞으로는 소장님이 뚝심으로 이끌어주십시오."

"뚝심이랄 게 뭐 있나? 부검의는 그저 부검으로 말할 뿐."

피경철의 입가에 잔잔한 미소가 감돈다. 저 미소가 바로 이 사람의 뚝심이었다. 누가 뭐래도 부검이 갑이다. 검시관의 덕목 중에서 부검을 빼면 뭐가 남는단 말인가?

"나 자네 소장 맞나?"

출국장 앞에서 피경철이 물었다.

"당연하죠. 이창하의 소장님이십니다."

"그럼 군소리 말고 이거 받아 가게. 일본 가면 사시미와 스시가 좋다던데 배 터지게 먹고 와. 돌아오면 나도 이 잘난 자리 유지한답시고 자네를 마구 굴리게 될 테니까."

봉투를 찔러 넣은 그가 창하의 등을 민다. 투박하지만 애정이 깃든 손. 그렇기에 봉투의 실랑이 따위는 접고 비행기에 올랐다.

도쿄에 닿는 동안 일본에 대한 정리를 끝냈다. 채린에게서 받은 정보였다. 한국에서 파악하고 있는 엽기적인 사건은 두어 건. 그러나 또 다른 사건이 있을 수 있다는 첨언이 붙었다.

그 두 건은 미궁 살인 계열이었다. 그러나 상세 보도가 나오지 않으니 확인은 불가했다. 일본도 이 미궁 살인을 통제하고 있는 게 분명했다.

모방 살인 때문이다. 거기에 더해 기자들의 행태도 문제가 된다. 기자들은 유행에 민감하다. 특별한 사건이 터지면 약간의 유사성만 있어도 가져다 붙인다. 국민들의 불안은 가중될 수밖에 없다.

비행기는 한산했다. 만석은커녕 40%도 채우지 못했다. 언제나 가깝고도 먼 나라였던 일본. 황당한 딴죽으로 경제 보복을 일으킨 후로는 더 먼 나라가 되고 있었다.

"어서 오십시오."

입국장을 나오자 소오타가 보였다. 여자 한 명을 대동한 그는 자로 잰 듯한 인사로 창하를 맞았다. 여자 역시 허리가 ㄱ자로 꺾였다.

그들이 가져온 차에 올랐다. 차는 롯폰기를 지나 깨끗한 병원 앞에서 멈췄다. 오카다가 입원한 곳이었다.

"들어가시죠."

꼭대기 층의 VIP 병실 문이 열렸다. 안으로 들어서니 오카다와 그의 아내가 보였다. 창하를 기다린 것인지 환자복은 말쑥했다. 창가에는 또 다른 두 사람이 서 있다. 렌의 부모였다.

"이창하 선생님이십니다."

소오타가 창하를 소개했다.

"먼 길에 고생이 많으셨습니다."

부부가 한 사람처럼 인사를 한다. 창하도 그들의 각도에 맞쳐 인사를 갖췄다.

"잘 부탁합니다."

오카다는 품격을 갖췄다. 병상에서도 그 면면이 느껴졌다. 이 시국에 일본 정치인이 반가울 리 없지만 반듯한 자세만은 높이 사고 싶었다.

"뭐든 총력 지원 하시게."

오카다가 소오타에게 강조했다.

"부탁합니다. 우리 아이가 눈을 감을 수 있도록……."

인사를 마치고 나올 때였다. 복도까지 따라 나온 렌의 어머니가 다시 한번 고개를 숙인다. 그녀의 이름은 네네하였다. 이제 갓 서른. 소녀의 홍조가 볼에 남은 그녀의 눈은 이미 눈물이었다.

"필요한 걸 말씀하십시오. 부검이든 자료든……."

병원에서 가까운 호텔 특실 앞에서 소오타가 물었다.

"이 사건들… 초유의 일이죠?"

"그렇습니다."

"일단 사건 서류 일체를 가져오세요. 수사부터 부검까지."

"그렇게 하죠."

"위원장님의 손자분 것만이 아니라 사건 전체를 말하는 겁니다. 전체 사건을 비교해야 하니 무엇 하나도 감춰서는 안 됩니다."

"그렇게 하죠."

소오타는 오래지 않아 호텔로 돌아왔다. 아까 본 여자가 자료를 내려놓았다. 수사 일지 복사본과 USB였다. 이제 보니 절도가 몸에 배었다. 허드렛일이나 돕는 역할 같지는 않았다.

"희생자들 시신은 보관되고 있나요?"

"예."

"따로 떨어져 있다면 한군데로 모아주세요. 서류 검토가 끝나면 바로 확인하겠습니다."

"알겠습니다, 리온."

여자에게 당부를 남긴 소오타가 문을 나갔다. 리온은 절도 있게 걸어가 문 앞에 선다. 파격도 경직도 아닌 자세는 빈틈조차 없었다. 그렇게 창하의 호출이나 질문에 대비하는 것이다.

"저쪽 의자에 편하게 앉으세요."

창하가 자리를 지정해 주었다. 지나친 응대 자세가 눈에 거슬린 까닭이었다.

바로 서류 체크에 돌입했다. 열도에서의 미궁 살인은 총 다섯 건이었다. 그러나 미수도 두 건이다. 미수의 나이를 보니 36세 여자와 49세의 남자⋯⋯.

"이 두 사람, 혹시 몸에 문신이 있었나요?"

창하가 미수 건에 대해 물었다.

"확인하겠습니다."

단숨에 일어선 그녀가 경시청에 전화를 걸었다. 통화 중에 알았지만 그녀는 경시정 직급의 현직 경찰 간부였다.

"문신이 있다고 합니다."

통화를 마친 그녀가 핸드폰을 내민다. 화면에 문신이 보였다. 한 사람은 어깨에 도부를 새겼고 또 한 사람은 팔뚝에 백택부를 새겼다.

"그런데 그걸 어떻게?"

리온은 벌써 기선 제압을 당한 모습이었다. 그들은 신경도 쓰지 못한 부적. 시작부터 분위기를 장악하는 창하였다.

사건은 역시 9차 마방진 안이다. 그러나 순서가 불규칙해졌다. 일본의 수사가 맞다면 36—57—6세 순으로 일어났다. 그것은 다음 차례인 19—49세의 희생에서도 확인이 되었다. 중간 라인이 빠진 건 중국의 살인마 때문으로 보였다.

오카다의 손자 렌을 보자면 세 번째 희생자다. 음력 보름이 지나고 3일 후에 희생되었다.

3일……

지금까지의 양상과는 조금 먼 간극이다. 미궁 살인마들의 살인은 14일에서 16일 사이에 몰려 있었다.

첫 희생자 왼쪽 횡경막 하방.

두 번째 역시 왼쪽이지만 중앙에 가까워지는 횡경막 하방.

세 번째 렌은…….

'응?'

그대로 두고 네 번째, 다섯 번째로 넘어갔다. 그 둘 역시 왼쪽 횡경막 하방으로 손이 들어갔다. 체크를 끝낸 창하가 세 번째 시신 사진을 쏘아본다. 오카다 위원장의 손자 렌이다. 여기 미세한 격차가 있었다.

"시신은 준비되었죠?"

창하가 솟구치듯 일어섰다.

영감이 사라지기 전에 시신을 보고 싶었다.

제7장

—

초정밀 평균치의 비밀

일본과학경찰연구소는 7층짜리 건물이었다. 세 빌딩이 나란히 어깨를 겨룬다. 가는 길에 창하의 주의력이 뜨끔 반응을 했다. JR 역사였다.

栢驛.

그 역의 이름이 시선을 쪽 잡아당긴 것이다.

白澤.

창하 가슴에 사는 단어와 비슷한 게 이유였다.

백택이 따라왔다.

그런 예감이 들었다.

지상의 모든 살귀의 흔적을 찾아내는 신통한 능력을 지닌 백택. 두려울 게 없으니 저절로 미소가 피어올랐다.

"이쪽으로."

과학경찰연구소에 내리자 안내자가 나왔다. 흰 가운의 그가 앞장을 섰다. 창하는 리온 뒤에서 걸었다. 일본 국과수에 해당하는 과학경찰연구소였다. 분위기는 한국의 국과수와 크게 다르지 않았다.

긴 복도 앞에 이르자 두 명의 부검의가 보였다. 거기가 부검실인 모양이었다. 창하가 부검실 앞에 멈췄다. 안내자가 부검복과 앞치마, 마스크, 장갑 등을 내밀었다. 어찌나 단정하게 각을 잡았는지 펼치기 부담스러울 정도였다.

"법의학부장 나카지마입니다. 이쪽은 아베 과장."

부검의들이 들어섰다. 반백의 남자가 옆 사람을 소개했다. 아베 노부유키. 30대 중반의 부검의로 눈빛이 깊었다. 창하 역시 겸허히 응대했다. 같은 길을 가는 부검의들이다. 일본인이라고 딱히 경계할 이유가 없었다.

"고명은 익히 들었습니다. 일본어도 가능하시다고요."

"저런, 감히 고명이라뇨."

창하는 겸허했다. 일본어였다.

"시신은 대기 중에 있습니다. 어떻게 세팅해 드릴까요?"

"가능하면 한 부검대 위에 나란히 놓아주시면 좋겠습니다."

"그 밖의 요청은 없습니까?"

"일단 보고 나서 말씀드리겠습니다."

"요청대로 준비해 드리게."

부장의 지시가 떨어졌다. 아베는 20여 분 후에 돌아왔다.

"준비 끝났습니다."

차분히 답하는 그는 창하에게서 시선을 떼지 않았다.

자박자박.

낮은 소리를 내며 부검실로 향했다. 문은 이중 자동문, 그 중 하나가 소리도 없이 열렸다. 부검실은 꽤 넓었다. 부검대 역시 몇 개를 붙여 편리성을 갖췄다. 벽 쪽의 어시스트가 네 명. 그 앞에 소오타가 자리하고 있었다.

"잠깐 실례하겠습니다."

문에 들어서기 무섭게 불을 꺼버렸다. 일본에서도 루틴을 바꿀 생각은 없었다. 푸른 비상등만 남자, 그 아슴푸레한 불빛이 시신에 깃들었다.

일본이라 그럴까? 오늘따라 유난히 기묘하다.

후웅후웅.

백택의 메스가 울림 소리를 냈다. 다섯 희생자 앞에서 메스의 기세는 맹렬하기만 했다.

꿀꺽!

누군가 마른침을 넘긴다. 과장이 뭐라고 말하려는 걸 부장이 제지한다. 신경이 곤두선 것이다. 한국의 부검의, 대체 얼마나 유능한 건지. 한일 관계가 불편한 이때에 데려와야만 했는지…….

창하는 신경 쓰지 않았다. 집중하는 곳은 오직 부검대 위의 시신이었다. 사건 발생순으로 놓인 다섯 시신. 아무것도 걸치지 않은 그들에게 죽음의 격차 따위는 없어 보였다.

하지만…….

'응?'

창하의 촉이 저절로 곤두섰다. 가운데 누운 소년, 렌의 시신이었다. 그 앞으로 다가섰다. 옆의 시신들을 돌아본다. 파리한 여덟 링이 선명하다. 첫 희생자인 36세, 두 번째 희생자인 57세… 하지만 세 번째 희생자인 렌은…….

여덟 링의 표식이 없었다.

'미궁 살인이 아니다.'

창하의 촉이 격하게 흔들렸다. 한국에서 소오타가 보여준 사진으로는 긴가민가 싶던 것. 직접 보니 확실해지는 것이다. 그러나 횡경막 아래의 손상은 거의 유사하다. 얼핏 봐서는 알 수 없을 정도였으니 모방 살인이라면 전율이 아닐 수 없었다.

"불 켜주세요."

시신에 시선을 둔 채 말했다. 과장이 눈짓을 하자 어시스트가 스위치를 올렸다.

"……!"

창하의 시선은 여전히 흔들린다. 지향점은 오롯이 렌의 시

신. 두 번 보고 세 번 보아도 소년 렌은 미궁 살인마의 소행이
아니었다.

"문제가 있습니까?"

예민하게 반응한 건 아베 과장이었다.

'으음……'

잠시 생각에 잠겼다. 겉보기에는 차이가 없는 시신의 손상
들. 그러나 창하의 눈은 속일 수 없었으니 1—2—3번 시신에
는 미세한 차이가 있었다.

"소오타 선생님."

창하가 그를 돌아보았다.

"말씀하십시오."

"죄송하지만 모두 모시고 나가주시겠습니까?"

"모두 말입니까?"

"예."

"하지만 누군가는 선생님을 도와야……"

"복도에 계시면… 필요한 게 있으면 제가 손을 흔들겠습니
다."

"……"

"뭐든지 된다고 하지 않으셨던가요? 증거 훼손은 염려치 않
으셔도 됩니다."

"그렇게 하죠."

소오타의 시선이 부장과 과장에게 건너갔다. 둘의 인상이

구겨지지만 별수 없는 일. 일본 부검 팀은 한 사람도 남김없이 부검실을 나갔다.

딸깍!

다시 불을 꺼버렸다. 저 한국인, 뭘 하려는 걸까? 복도로 나온 일본 부검의들의 시선은 곤두서 있었다. 하지만 그들은 이내 입을 벌리고 말았다. 어둠 속에서 파리한 날을 세운 창하의 시선. 시신들을 관통하나 싶더니… 부검대 위로 올라가 여섯 번째 자리에 누워 버리는 것이다.

"대체……."

부장 입에서 신음 소리가 새어 나왔다.

"저자가 한국과 중국의 엽기 살인을 해결한 검시관이 맞습니까?"

아베가 소오타에게 묻는다.

"회의가 드시는가?"

"……."

"그 정보의 확인처가 어딘 줄 아시오?"

소오타가 혼잣말처럼 중얼거렸다.

"어디……?"

"차기 중국 주석으로 하마평에 오르내리는 라오서의 측근."

"라오서?"

"부검의 선생들은 모르겠지만 지금 중국의 모든 것은 그에게 집중되고 있어요. 심지어는 미국의 핵심 정보들까지도."

"……."

"그런 곳에서 나온 정보이니 아니더라도 믿어야 할 입장입니다."

"하지만 저자의 행동은……."

"조금 더 지켜봅시다."

소오타는 흔들리지 않았다.

창하는 눈을 감고 있었다. 그 자세로 부검 자료를 상기했다. 첫 번째 희생자의 부검은 아베가 맡았다. 두 번째와 세 번째도 아베였다. 그러나 네 번째는 다른 부검의가 집도를 했다. 다섯 번째도 그랬다.

다섯 중에서 뒤쪽의 둘은 전형적인 미궁 살인 수법이었다.

'155에서 160㎝ 정도인 범인…….'

한국에서 축적한 데이터를 작동시켰다. 오른손잡이다. 성인이라면 키가 작은 편이다. 횡경막을 치고 들어간 손의 흔적은 부드러웠다. 박상도의 것과는 확연하게 달랐던 것. 그런데 일본에서의 손상은 한국에서의 그것보다 2—3㎜가 넓었다.

'성인이 아니다.'

키 작은 성인이라면 손가락이 도톰하게 마련이다. 그 손가락이 섬세하고 가늘다면?

벼락처럼 몸을 세우는 창하. 척주가 서늘해진다. 어쩌면 범인은 성장기의 청소년, 아니, 중학생일 수도, 고등학생일 수도 있었다.

심지어는 초등학생······.

"일어나는데요?"

복도의 어시스트들도 창하를 따라 반응한다. 부장과 아베의 눈 역시 그랬다.

—소오타 선생님.

스피커폰을 켰다.

"말씀하세요."

—희생자들 횡경막 부근 손상 부위 말입니다. 디지털 분석 데이터가 있습니까?

"나카지마 부장님."

소오타가 부장을 바라본다.

"손상 부위는 없고 장기 데이터는 있습니다만······."

—지금 즉시 분석해 주세요. 흉기가 들어간 손상 부위의 윤곽만 단순한 선으로 잡아서 표현하세요. 각도와 손상 부위의 10,000분의 1까지의 측정이 필요합니다.

"알겠습니다."

소오타의 대답이 나왔다.

그때까지 마냥 기다리지는 않았다. 외표의 손상을 측정하고 횡경막 확인에 더불어 원상태로 꿰매진 시신을 열었다. 백택의 메스는 시신들의 살에 닿기 무섭게 포효를 한다. 미치도록 뜨거워지는 것이다.

그러나 예외적으로 렌의 시신에서는 몹시 잠잠했다.

역시…….

'렌…….'

두근거리는 심장을 누르며 희생자들의 심장 부근을 집중 비교하는 창하. 1번과 2번 시신 횡경막 아래의 손상을 확인하고 그 부분을 뒤집어본다. 3번의 렌 역시 같은 과정을 반복한다. 4번과 5번 희생자도 그랬다.

숨을 고르는 사이에 복도의 풍경이 눈에 들어왔다. 부장과 아베, 어시스트들은 창하의 일거수일투족을 놓치지 않는다. 어쨌거나…….

톡!

심장만 떼어 간 건 다섯 시신이 다르지 않았다. 다만 미묘한 차이 하나가 거슬린다. 그건 렌의 시신이지만 창하가 집중하는 건 첫 번째와 두 번째 시신이었다. 부검 이후에 다시 채워놓은 장기들. 보관 상태가 좋다지만 최초 부검에 비하면 사인 추적이 어려워진다.

부검은 본래 일기예보에 비유된다. 날씨는 최첨단 장비로 받은 데이터를 기반으로 결과를 내지만 100% 맞는 적이 없다. 부검 역시 보이지 않는 내부를 열고 첨단 장비를 동원해 원인을 분석하지만 과실이 따른다. 그렇기에 부검으로 밝힐 수 없는 사인이 10% 남짓이다. 재부검이라면 그 확률은 더 높아질 수 있었다. 시신의 상황이 처음보다 나빠지는 까닭이었다.

1번, 2번, 3번 시신.

부검의의 솜씨는 기가 막혔다. 절개 라인은 자를 댄 듯 반듯했고 장기의 절개 부위도 한결같았다. 1㎝ 간격으로 썰어 확인한 것도 정밀했다. 제자리로 들어간 장기도 마찬가지다. 그저 고이 넣은 게 아니라 요철을 맞추듯 원위치였다.

'엄청나군.'

아베 과장이다, 일단은 경의를 표했다. 하긴 그 정도 되니 이렇게 중차대한 사건의 부검을 맡았을 것이다. 하지만 3번 부검은 역시 달랐다. 절단의 손상은 비슷하게 보였다. 그러나 혈관과 장간막 등의 상태가 달랐다. 1─2번에 비해 늘어나고 뜯긴 것들이 많았다.

'끊어서 꺼낸 게 아니라 힘으로 잡아챈 것?'

창하 눈에는 보였다. 그대로 두고 4번과 5번 희생자 시신으로 옮겨 갔다. 이 솜씨는 좀 투박하다. 3회에 걸친 부검에서 단서를 얻지 못하니 부검의가 교체된 것일까?

생각하는 사이에 요청한 데이터가 나왔다. 하나하나 넘겨보지만 비교 대상은 1─2─3번의 손상이었다. 쟁점은 역시 렌이다. 그의 손상은 1번과 2번 손상의 평균값으로 설명된다. 정확하게 중간이었다.

1─2번 손상과 3번 손상 사이에는 한 달의 간극이 있었다. 그건 문제가 되지 않는다. 미궁 살인마들이 활개를 치는 시간은 보름 무렵이기 때문. 그러나 달리 말하면 그 한 달, 누군가

가 불손한 무엇을 준비하는 시간으로 충분했다.

다섯 시신에 젖은 면봉을 씌웠다. 멸균 장갑을 낀 손으로 횡경막의 삽입 부분을 문질렀다. 손이 들어가고 나왔다. 어렵기는 하지만 한국의 사례처럼 유전자가 나올 수 있었다.

"DNA 검사를 부탁합니다."

긴급 요청을 하고 메스를 챙겼다. 부검 확인은 이것으로 끝이었다.

좌아아!

샤워를 했다. 샤워장의 물품 정리 역시 칼각을 이루고 있었다. 심지어는 비누조차 완벽하게 가운데에 놓였다. 너무 반듯하니 창하가 멋대로 놓아버렸다. 심통은 아니었다. 파격의 여유를 부려본 것이다. 다섯 시신 중에서 홀로 튀는 렌의 시신처럼.

회의실로 나오니 아베가 유전자 검사 결과를 내밀었다.

「1—2—3번 시신 기타 DNA 불검출」

「4—5번 시신 기타 DNA 검출—정상인의 DNA와 달라 정밀 분석 중」

1—2—3번은 나오지 않았다. 그러나 4—5번은 나왔다. 하지만 판독이 어려운 변종 DNA. 창하가 짐작하던 일이었다.

문제는 다시 1—2—3번 시신이다.

"어떻습니까?"

소오타가 무거운 입을 열었다.

"이 자료들, 호텔로 가져가서 정밀 분석을 해봐야겠습니다."

창하가 부검 자료를 가리켰다.

"그건 문제가 없지만 조금이라도 언질을 주시면……."

위원장님이 기다리고 계십니다.

소오타의 눈빛 속에 남은 말이었다.

"범인 신장은 160㎝ 미만에 오른손잡이입니다. 키는 신발 굽 높이를 감안해야 하고 음력 보름 무렵에 활동하니… 이런, 사흘 후가 보름이니 모레부터 활동 가능기로군요. 행태로 보아 이번 희생 예정자는 79세입니다. 한 지역의 서쪽을 선호하고 CCTV에는 체크되지 않습니다. 현장 주변 목격자를 주로 탐문하셔야 합니다."

미궁 살인마의 특징을 나열해 주었다. 79세. 그 단어에서 아베의 눈자위가 반응을 했다. 야릇한 예민함이다. 일본 최고의 부검의로 불리는 아베. 창하에 대한 견제일까, 아니면 무시일까?

"160㎝ 미만이면……?"

"손가락 형태로 보아 어쩌면 초등학생일 수도 있습니다."

일부러 힘을 주는 창하.

"초등학생이라고요?"

"푸하핫!"

소오타의 고개가 갸웃하는 사이에 아베의 웃음이 터져 나왔다.

"죄송합니다."

소오타가 돌아보자 아베가 웃음을 끊었다.

"선생님……."

소오타는 아무래도 믿기 어렵다는 눈치다.

"일단은 그렇습니다. 호텔에 가서 좀 더 검토해 보겠습니다."

창하가 일어섰다.

"아, 그런데 아베 과장님."

문으로 가던 창하가 돌아보았다.

"예."

"1번과 2번 희생자는 과장님이 집도를 했더군요. 굉장한 솜씨였습니다."

"그럴 리가요. 저는 160㎝ 미만의 초등학생이 범인일 수 있다는 상상조차 하지 못했습니다."

아베의 답은 정중하다. 그러나 진심이 아니다. 목소리에 섞인 냉소로 알 수 있었다.

"그보다 그렇게 굉장한 솜씨인데 4—5번 부검은 왜 다른 사람이 했을까요?"

"그날 이후로 도쿄의대에서 강의가 예정되어 있었습니다만."

"그렇군요."

창하, 가벼운 인사로 예의를 표하고 회의실을 나왔다.

"……!"

호텔로 가는 차량 안은 침묵이 깊었다. 창하의 입은 호텔방에 들어서서야 비로소 열렸다.

"소오타 선생님."

"예."

방에는 창하와 그, 둘뿐이었다.

"결과를 궁금해하셨죠?"

"그렇습니다만……."

"아까 말하지 못한 결과를 알려 드리겠습니다."

"오, 결과가 나왔던 겁니까?"

"몇 가지 정도는요. 다만 선생님 외에 누구도 믿을 수 없기에 말씀드리지 않은 겁니다."

"그건 잘하셨습니다."

"우선 범인은 둘입니다."

"둘?"

소오타의 미간이 격렬하게 움직였다.

"다섯 명의 희생자들 중 한 사람의 범인이 다릅니다. 바로 위원장님의 손자 렌……."

"……!"

"아까 돌아올 즈음의 범행 대상은 79세라고 했습니다만 혹시 위원장님 나이가?"

"향년 79세요."

"그러시면 음력 14일부터 16일 사이에는 신변 보호를 강화하십시오."

"선생님."

"제 말을 간과하면 안 됩니다. 나아가 일본 경찰이 시신 하나를 놓치고 있는 듯싶습니다."

"시신을 놓쳤다면……?"

"범인은 9차 마방진 줄의 역순으로 범행을 저지르고 있습니다. 그래서 49세 다음에 79세가 되는 것이죠. 예외가 있을 수도 있지만 아니라면… 렌과 동갑인 여섯 살 희생자의 시신을 찾아야 합니다."

"한 명이 더 죽었다? 그것도 렌과 같은 나이?"

"예."

"어떻게 아는 겁니까?"

"그 설명을 드리기 위해 여기로 온 겁니다."

창하가 노트북을 켰다. 1번 희생자와 2번 희생자, 그리고 렌의 부검 화면을 띄웠다.

다시 렌이다.

1번, 2번 시신은 대체 렌과 어떤 연관이 있다는 것일까?

*   *   *

노트북 화면은 하나가 더 연결되었다. 렌이 사라진 사건 현장, 스미다가와강이 바라보이는 작은 도로 앞이었다. 건물을 돌아 나가면 강변이지만 낮은 주택과 숲 뒤로는 기념관 신축 공사가 한창이었다.

"여기가 렌이 사라진 장소입니다. 그런 다음 가까운 강의 하구에서 발견이 되었죠. 노란 꽃밭에서 노란 유치원복을 입은 채로요."

창하가 두 화면을 가리켰다.

렌이 스미다가와강과 가까운 인도에 있었던 건 불꽃놀이 때문이었다.

펑펑!

화려한 불꽃 폭죽이 절정을 이룰 때 렌은 사라졌다. 어머니가 도시락과 음료를 사러 간 사이, 단 5분 만에 터진 일이었다. 렌의 발견이 늦은 것 역시 불꽃놀이 때문이었다. 어머니는 인파를 향해 달렸다. 불꽃놀이가 시작되었으니 강변으로 갔다고 판단한 것이다.

혼자 가면 안 돼. 엄마 금방 올게.

엄마 말을 잘 듣던 의젓한 렌. 신신당부를 했지만 그래도 어린애였다. 그래서 신고가 늦었다. 모든 사람들의 신경이 불꽃놀이에 쏠린 현장. 불꽃놀이가 시작되는 첫 5분간은 극적 효과를 위해 주변의 정전까지 요청되었으니 목격자가 없었다.

렌의 얼굴이 그랬다. 호기심 가득이다. 그러나 노란 유치원 복을 벗기면……

"윽!"

소오타가 한 번 더 경련을 했다. 장기 적출은 어른에게도 차마 끔찍한 일. 그 일을 직접 당한 렌은 얼마나 고통스러웠 을까?

"중요한 건 아니지만……."

창하가 차가운 설명을 붙여놓았다.

"미궁 살인마에게 당하는 사람들은 고통을 느낄 사이도 없 습니다. 밤하늘에 터졌다가 사라지는 폭죽보다도 더 순식간이 니까요."

"……."

"하지만 렌을 죽인 범인은 그 살인마가 아닙니다."

마침내 선을 그어버리는 창하.

"어째서요? 모든 수법이 똑같은데?"

"똑같지 않습니다. 똑같은 것처럼 위장되었을 뿐."

"위장이라고요?"

"이제 각각의 부검을 보겠습니다. 여기 다섯 희생자들의 부 검 자료… 얼핏 보면 모두 같아 보입니다. 하지만 1번과 2번은 횡격막 아래의 각도가 조금 다릅니다. 첫 희생자는 36세의 펜 싱선수, 두 번째는 57세의 사이클 동호회원. 민첩성이 강한 것 인지 공격의 순간에 반사적인 행동이 나와 손상의 각도가 다릅니다. 4번, 5번 희생자와 비교하면 1번은 우측으로 3㎝ 치우치고 2번은 좌측으로 2.2㎝ 쏠립니다."

화면에 손상 화면이 떠올랐다.

"유의할 것은 렌의 손상입니다. 이 손상은 1번과 2번 손상의 평균치를 이루고 있습니다. 계산이라도 한 듯 정확하게 말이죠."

"……?"

"여기가 중요한데… 결정적으로 허파동맥과 정맥, 위대정맥 등의 상부 혈관들… 다른 희생자들처럼 눌러서 자른 게 아니라 당겨서 잘랐습니다."

창하가 화면을 키웠다. 심장에 연결되는 혈관과 신경들의 비교였다. 소오타가 보기에는 그게 그거지만 확대한 장면을 보니 이해가 되었다. 초월적인 힘으로 눌러서 끊은 것과 당겨서 끊은 차이가 보인 것이다.

"이유는 누군가 심장 살인마의 1번, 2번 희생자의 수법을 철저하게 분석해 렌에게 응용했기 때문입니다. 살해 방법, 가해된 힘의 크기와 각도, 심지어는 범인의 취향까지."

"그, 그런……?"

소오타의 등골이 서늘하게 식었다.

"그래서 렌의 내부가 다른 겁니다. 범인은 진범이 심장을 따 간다는 사실을 몰랐던 거죠. 장기가 한꺼번에 딸려 나오면서 내부 손상도 확연하고 횡경막 아래의 손상 부위도 상대적으로 넓습니다."

"이 선생님……."

"뭐든 지원이 가능하다고 하셨죠?"

"물론입니다."

"그럼 이제 경찰의 수사 책임자를 불러주십시오. 참조하실 건 렌을 살해한 범인은 치밀한 계획을 세웠다는 겁니다. 그건 곧 부검 자료가 유출되었다는 뜻이니 일본 부검의들 안에도, 일본 경찰 안에도 협력자가 있을 수 있습니다."

"믿을 만한 사람을 데려오라는 거군요?"

"그렇죠."

"그렇다면 염려하실 필요가 없습니다. 리온은 그런 조건을 다 갖추고 있으니까요."

"리온이라면 그 여자분?"

"그냥 여자가 아니라 경시정입니다. 일본 최고의 경찰이자 그녀의 아버지가 경시청 경시감이고 위원장님의 제자이기도 하지요."

"제가 등잔 밑이 어두웠군요."

창하가 공감하니 리온이 합석을 했다. 소오타에게 한 설명을 짧게 반복하고 현장 사진을 띄웠다.

"렌이 사라진 현장입니다. 경찰 자료를 보니 2분 후에 지나가는 차량의 블랙박스에도 찍히지 않았더군요. 그렇다면 범인은 그 2분 안에 렌을 죽였거나 납치했다고 봐야 합니다."

"우리도 그렇게 판단하고 있습니다."

수사 이야기가 나오자 리온의 눈동자가 빛나기 시작했다.

"불꽃놀이를 위해 주민들이 소등을 한 시간은 약 10분. 그중 2분이 렌의 증발과 겹치죠. 어디로 증발된 걸까요?"

"경찰은 근처 도로로 연결되는 모든 곳의 CCTV와 차량들, 주변 공사 현장을 체크하고 하수관과 오토바이 폭주족들까지 조사를 했습니다. 하지만 그 어디에서도……."

"자료에서 보았습니다. 심지어는 점포들의 CCTV와 화장실도 모두 체크하셨더군요."

"……."

"하지만 한 가지를 빼먹으셨죠."

"빼먹었다고요?"

"여기요."

창하의 손이 주변 빌딩을 가리켰다. 렌이 증발한 자리에서 바라보이는 건물 신축 현장이었다.

"그곳도 체크를 했습니다."

"땅 말고 하늘 말입니다."

"하늘?"

"이 현장 말입니다. 확대해 보니 타워크레인이 필요한 곳입니다. 이 사진은 사건 이후에 찍은 것 같은데 사건 당시는 어땠을까요?"

"……?"

리온의 눈에 불꽃이 튀었다. 감을 잡은 그녀가 전화를 걸었다. 그러자 놀라운 일이 벌어졌다.

"타워크레인이 사고 당일 밤까지 있었답니다. 그다음 날 아침에 철거가 이루어졌다는군요."

그녀의 목소리가 빨라졌다.

"그렇군요. 그렇다면 그 타워크레인… 그걸 렌이 사라진 쪽으로 돌리면……."

"아!"

"어떻습니까? 사방은 정전입니다. 사람들은 불꽃놀이에 정신이 팔려 있고요. 그때 혼자 있는 렌의 머리 위에서 타워크레인의 줄이 내려옵니다. 그런 다음 렌의 입을 막고 올라가 버리면… 2분 안에 끝날 수 있습니다."

"억!"

리온의 입에서 비명이 새어 나왔다. 새롭게 구한 현장 사진. 거기 보이는 타워크레인의 각도 때문이었다. 렌을 납치해 180도를 돌면 렌의 발견 장소와 이어지는 도로 쪽인 것이다.

"당장 재조사를 하겠습니다."

"아뇨, 아직 설명이 끝나지 않았습니다."

창하가 리온을 진정시켰다.

"범인의 수법 말입니다. 우선은 렌과 어머니의 동선을 알고 있었습니다. 그 편의점에서 도시락을 산다는 것 말입니다. 렌과 면식범이거나 주변 사람일 수 있습니다."

"……."

"나아가 1—2번 희생자의 부검 자료를 활용했습니다. 그건 곧 1—2번 희생자의 자료를 손에 넣을 수 있는 위치에 있는 사람이거나 그를 매수할 수 있는 위치에 있다는 겁니다."

"참고하겠습니다."

"더불어……."

"의학과 과학의 전문가라는 거죠?"

리온이 질러 나갔다. 정확한 예측이었다.

"그렇습니다. 특별한 능력자를 동원했든, 아니면 기계를 이용했든……."

"선생님 말을 들으니 범인은 장치를 이용한 것 같습니다. 특별한 머신 말이에요. 렌의 손상 부위에서는 접촉 DNA가 나오지 않았으니까요."

"그건 1—2번에서도 나오지 않았습니다."

"그럼 1—2번 부검이 조작되었다고 보시는 겁니까?"

"부검은 문제가 없습니다. 아베는 굉장한 실력자더군요. 시신에 대한 부검 과정과 결과 등 모든 것이 완벽했습니다."

"……?"

"문제는 오늘 실시한 DNA 검사였습니다. 그 과정을 추적해 주십시오. 누군가 샘플을 건드렸거나 결과를 왜곡했다면 일본경찰과학연구소 안에 범인 내지는 협력자가 있는 것입니다."

"맙소사!"

"그리고……."

창하가 다른 파일을 열었다. 한국에서 가져온 것이었다. 유수아가 분석해 준 미궁 살인마의 CCTV 화면. 그걸 리온 앞에 틀어주었다.

"헙!"

그녀가 입을 막고 몸서리를 쳤다. 선명하지 않지만 범인 형체의 움직임이 대략 파악되는 현장 영상이다. 놀라지 않을 수 없었다.

"이 영상, 메타 물질을 분석할 수 있는 건가요?"

"메타 물질 이론을 아십니까?"

"잘 몰라요. 하지만 CCTV에 범인이 나오지 않으니 과학적 추리를 해본 거예요. 메타 물질로 만든 옷을 입으면 카메라에 잡히지 않는다기에… 영화 보면 특별한 슈트가 많이 나오잖아요? 어떤 괴짜 과학자인가가 그런 걸 만들었을 수도 있고……."

"그럴 수도 있겠죠. 하지만 이 범인은 과학보다는 초신성이나 신화적 측면으로 접근하는 게 더 유용합니다."

"그럼 귀신요?"

"부검의로서 드릴 말은 아니지만 세상의 모든 것이 과학 아래 놓여 있지는 않습니다."

"……."

"범인은 둘입니다. 렌의 범인과 진짜 미궁 살인마. 미궁 살인마의 경우는 DNA조차 우리와 다른 배열을 가지고 있습니다. 그러니 CCTV 분석은 아무리 매달려도 소득이 없습니다. 제 의견대로 희생자들 사망 시간대를 중심으로 160㎝ 이하의 호리호리한 몸매를 가진 목격자를 찾으세요. 렌을 제외하면 사건 현장이 네 곳이나 되니 동일 인물이 나올 겁니다."

"알겠습니다."

"아주 특별한 능력의 경찰 타격대도 준비시키고요. 이 범인은 천사의 얼굴을 하고 있지만 행동이나 파워는 악마입니다. 일반 경찰들은 상대가 되지 않습니다."

"예, 선생님."

"그렇게 파악된 용의자가 한국에서 온 사람이면 제게도 알려주세요. 한국과 교차 체크를 하면 더 확실해질 겁니다."

"그렇게 하죠."

리온이 일어섰다. 처음에는 놀라는 것 같았지만 이내 냉철하게 변했다. 소오타의 말처럼 능력과 지략을 겸비한 경찰로 보였다.

갈팡질팡하던 일본 경찰이 맥락을 잡았다. 창하의 힌트가 빛이 된 것이다. 창하의 힌트를 적용하니 용의자를 찾을 수 있었다. 2번 희생자와 5번 희생자 인근의 사람들 증언에서 동일 인물을 찾은 것이다. 하지만 믿을 수 없는 상황이 도래했다.

「카이시 12세―한국명 오민수」

　놀랍게도 한국에서 들어온 초등학교 5학년 학생이었던 것. 리온은 즉시 창하에게 자료를 넘겼다.

　"확인해 보죠."

　통보를 받은 창하가 채린에게 전화를 걸었다. 일본에서 나온 아이의 신상을 넘기자 한국에서의 히스토리가 넘어왔다.

　"강물에 빠져 익사한 후에 장례식장 관 안에서 살아난 아이랍니다. 어머니가 일본 사람으로 국제결혼을 했는데 이혼을 하면서 일본으로 건너갔습니다."

　채린의 통보였다. 날짜를 확인하니 박상도가 사망한 그 무렵이었다.

　"범인이 맞는 것 같습니다."

　창하가 리온에게 회신했다.

　"초등학교 5학년이 엽기 살인사건의 범인?"

　경시청 수뇌부가 발칵 뒤집혔다.

　"소년을 범인으로 몰자는 것인가? 전 세계의 웃음거리가 될 일이야."

　수뇌부의 반대가 나왔다. 그건 리온이 불식시켜 버렸다.

　"한국에서 일어난 미궁 살인의 범인 역시 이런 경우들이었습니다. 사망했던 사람이 기적적으로 살아나 살귀의 능력을 가지고 범행을 저지른⋯ 게다가 세계적으로도 소년 살해범이 초유의 일은 아닙니다."

결국 리온의 주장이 관철되었으니 그 배경에는 오카다 위원
장이 있었다.

"내가 책임집니다."

그의 한마디가 힘이 되었다.

즉시 검거에 나섰다. 경시청 대테러 기동대가 공원에 포진
한 가운데 리온과 무술 여형사 한 명이 카이시의 집을 방문했
다. 학교의 협력을 받아 사전 조사를 끝낸 후였다.

"병력 배치 완료."

기동대의 보고가 들어왔다.

저녁 7시 30분.

"교육청에서 나왔습니다."

보고를 받은 리온이 노크를 했다. 긴장 백배지만 그녀의 표
정은 차분했다. 대답은 나오지 않았다. 집은 낡은 창고처럼 보
였다. 주택가지만 조금 외진 장소. 창하의 말대로라면 이 집
안 어디엔가 적출된 심장이 있을 일이었다.

"카이시 군, 교육청이에요."

몇 번을 더 두드리자 겨우 문이 열렸다.

'아.'

리온은 눈앞이 아뜩해지는 걸 느꼈다. 학교와 출입국 사무
소에서 본 사진보다 훨씬 잘생긴 소년이었다.

"무슨 일이죠?"

그가 물었다. 아이돌은 저리 가라다. 정말이지 목소리까지도 심장을 녹일 듯 감미롭기만 했다.

"교육청 상담사예요. 이번에 우리 교육청 화보에 카이시를 모델로 삼고 싶어서요. 사치코 선생님의 추천을 받았습니다."

"저는 그런 거 안 해요."

카이시가 잘라 말했다.

"카이시 군, 사진 한 장이면 됩니다. 아니면 우리가 곤란해져요. 잘린다고요."

리온이 카메라를 들어 보였다. 혹시 모를 의심을 피하기 위해 준비한 소품. 그 멜빵에는 '교육청'이라는 로고도 선명했다.

"이렇게 부탁해요. 카이시 군이 거절하면 여기서 움직이지 않을 거예요."

리온이 바닥에 주저앉았다.

"그럼 딱 한 장만요."

"고마워요. 저 앞 공원으로 좀 갈 수 있을까요? 거기 벚나무와 어우러지는 가로등 불빛이 제격이던데……."

"그러죠."

"어머니는요?"

"…일 때문에 늦게 돌아와요."

잠시 주저하던 카이시가 퉁명스레 대답을 했다. 어머니가 바빠서일까? 슬쩍 엿보이는 안쪽은 엉망으로 보였다.

"알겠어요. 잠깐이면 될 거예요. 옷은 지금 그대로도 괜찮아요."

리온은 카이시에게 토를 달지 않았다. 공원으로 가는 길은
한적했다. 그러나 카이시, 공원 입구를 앞에 두고 걸음을 멈췄
다.

"왜요?"

리온이 묻는 순간 카이시의 눈빛이 변하고 있었다. 뭔가를
눈치챈 표정이었다.

"위험해."

순간 리온이 옆의 경찰을 밀었다. 카이시가 전광석화처럼
폭주한 것이다.

와작!

손에 스친 작은 가로수가 스낵 과자처럼 잘리고 있었다. 맞
았다면 바로 박살이 날 위력이다. 눈앞에서 보면서도 믿기지
않는 위력이었다. 반사적으로 권총을 꺼내는 사이에 기동대의
불빛 수십 개가 카이시를 겨누었다.

"경찰이다. 그 자리에서 꼼짝 마."

기동대장의 육성이 들려왔다. 카이시가 돌진한 건 그때였
다. 한 치의 주저도 없이 기동대 불빛을 향해 날아오른 것.

"아악!"

"으아악!"

공원은 이내 아비규환의 상태로 변했다. 순식간에 기동대원
넷을 몰아친 카이시. 팽이처럼 회전하며 또 다른 대원을 향해

돌진했다.

"발사!"

대장의 지시와 함께 산탄 테이저 건이 화력을 뿜었다. 아무리 엽기 살인마 용의자라지만 상대는 소년. 권총 진압이 불가한 이유였다.

"끄어."

테이저 건을 맞은 카이시가 발악을 했다. 건장한 사람이라도 30초 정도는 무력화될 위력. 그런데도 저항을 하고 있으니 기동대도 치를 떨었다.

슛!

결국 마취 탄을 퍼부었다. 그조차 다섯 발을 맞고서야 겨우 얌전해지는 카이시. 휘청거리는 카이시에게 기동대원들이 달려들어 제압을 했다. 경찰 쪽 사상자는 사망 둘에 중상 둘, 경상이 여덟이었다.

"……!"

집 안 수색에서는 심장을 찾지 못했다. 대신 냉장고 안에서 다른 끔찍한 게 나왔다.

제8장
—
국가대표 검시관의 위엄

"시신입니다."

여경이 비명을 질렀다. 카이시의 엄마였다. 물론 살귀가 장악하기 전에 살던 '진짜 카이시'의 엄마라는 얘기다. 카이시의 몸을 차지한 살육귀에게는 일본 이주에 필요한 도구였을 뿐이었다.

주변 수색에서 개가가 나왔다. 가까운 곳에 고독사로 주인이 죽은 빈집이 있었다. 심장은 그 집 지하에 있었다. 모두 다섯 개였다.

"카이시가 몰래 가는 곳이 있어요."

이웃에 사는 어린이의 증언이 결정적이었다.

「전후 최대의 엽기 살인마 검거」
「충격의 살인범—12세 초등 5학년」
「당국 심령학자와 초능력학자까지 동원해 소년의 범죄 동기 분석 중」

열도가 광란에 휩싸였다. 이 충격은 한국이나 중국보다 더 심각했다. 범인의 나이 때문이었다. 그렇잖아도 천사 같은 외모. 나이가 어리니 동정심까지 더해졌다. 인권론자들 일각에서는 경찰이 엉뚱한 소년에게 죄를 뒤집어씌우고 있다는 주장까지 나왔다.

카이시의 반응은 다른 살인마들과 다르지 않았다. 범죄에 대해서는 완전히 침묵이었다. 담임선생이 동원되고 심리학자에 프로파일러들이 줄을 서지만 모두 헛발이었다. 그사이에 인권론자들의 목소리가 높아졌다. 범인이 어린이에게 누명을 씌우고 있다는 주장이었다. 그들 때문에 수사가 더 어려워졌다.

"이창하 선생님."

소오타와 리온의 협조 요청이 들어왔다.

"경찰이 생쇼를 한다고 주장하는 인권론자들 있죠?"

창하가 리온에게 물었다.

"예."

"대표적인 사람으로 셋 정도 참관시켜 주세요."

"선생님……."

"그래야 합니다. 제가 들어가면 범행 자백은 받을 수 있지만 범인이 죽을 수도 있습니다. 그렇게 되면 두고두고 문제가 될 겁니다."

"하지만 자백하지 않으면……."

"범인이 경시청 안에서 죽는 것보다는 낫습니다."

"……."

"렌의 수사는요? 모든 포커스가 소년에게 집중되었을 때 그 범인을 찾아야 합니다. 그들 역시 소년에게 정신이 쏠려 느슨해져 있을 테니 총력으로 나가세요."

창하는 두 수 앞을 내다보았다. 소오타와 리온은 할 말이 없었다.

창하가 준비한 건 사진 두 장과 백택의 메스였다.

「박상도의 사진, 그리고 중국에서 잡은 장혜수의 사진」

끼이!

드디어 경시청 조사실의 문이 열렸다. 여경 둘과 카이시가 보였다. 소년을 변론하는 유명 인사들은 벽 쪽 의자에 앉아 창하를 쏘아보았다. 12살 소년을 무자비하게 포박한 포승줄과 수갑. 그걸 본 인권론자들이 경찰을 성토하던 중이었다.

"……!"

고개를 젖히고 천장을 보던 카이시. 창하가 들어섬과 동시에 벼락처럼 반응을 했다.

"키이……."

거친 위협음까지 나온다. 백택의 메스를 느낀 것이다. 창하가 그 앞에 서자 카이시는 폭발할 듯 몸서리를 쳤다.

톡!

사진 한 장이 테이블에 떨어졌다.

톡!

두 번째 것도 떨어졌다.

"쿠워억!"

카이사가 야수처럼 버둥거린다.

"이봐요, 당신. 아이가 불안해하잖아요?"

인권론자들의 동정심이 폭발했다.

"잠깐만 지켜보시죠. 무슨 짓을 하는 건 아니지 않습니까?"

리온이 그들을 일축했다.

바스락!

마지막으로 꺼낸 건 백택의 메스였다. 신성한 칼날을 보일 필요도 없었다. 카이시는 이미 제정신이 아니었다.

"이 두 명 알지?"

창하가 물었다.

"크으……."

"흰 모란꽃도 알 테고……."

"크으……."

"탁삭산의 귀문은 폐쇄되었다. 그러니 심장을 모은다고 해도 돌아갈 곳은 없어."

"크워어억!"

카이시가 의자에 앉은 채로 솟구쳐 올랐다. 미친 몸부림으로 벽을 치며 달려든다.

"까아악!"

카이시를 옹호하던 인권론자들, 혼비백산하며 아수라장을 이루었다. 한 여자는 카이시의 머리에 맞아 늑골이 전부 무너졌고 또 한 여자는 어깨를 물어뜯겼다. 정말이지 촌각에 일어난 일이었다.

"살려줘요."

아비규환을 이루는 조사실 안.

"긴급 상황, 긴급 상황."

리온이 지원대를 불렀다. 복도에 대기 중인 테러 진압 대원 10여 명이 들이닥쳤다. 테이저 건을 겨누지만 카이시는 공격을 멈추지 않았다.

"뭐 해요? 이놈을 쏴버려요."

조금 전까지만 해도 미성년자가 어쩌고 하며 맹목적 실드를 쳐대던 인권론자. 어깨 살이 한 덩어리나 덜렁거리자 되는 대로 악을 썼다. 분수처럼 솟구치는 피는 어느새 천장까지 닿고 있었다.

"뭐 해? 저건 인간이 아니라 요괴야. 얼른 쏘라고."

늑골이 무너진 여자도 180도 변했다. 자기들의 안전이 위협
받으니 인권조차 팽개치는 허접한 인간들. 그러나 경찰은 테
이저 건을 쏘지 못했다. 어깨를 문 채 노려보는 카이시는 야
수와 다르지 않았다. 더구나 인권론자 뒤에 달라붙어 있으니
각이 나오지 않았다.

"선생님."

창하가 범인에게 다가서자 리온이 소리쳤다. 괜찮다는 사인
을 주고 한 발 더 가까워졌다.

"쿠어어!"

카이시가 포효한다. 물린 인권론자보다 더 공포스러운 눈빛
이었다.

"이제 그만 쉬자. 네 본능을 조종하는 사명은 끝났어."

창하가 메스를 뽑았다. 그 끝이 볼에 닿자 거짓말처럼 카이
시가 무너졌다. 배터리를 뺀 로봇처럼.

"부상자들부터 병원으로."

경찰이 소리쳤다.

"선생님."

리온이 다가왔다.

"잠깐만요. 카이시는 어차피 죽을 겁니다."

"예?"

"카이시……."

창하가 허덕이는 소년을 바라보았다.

"한 가지만 말해다오. 그럼 편안하게 돌아가게 해주마."

"크으……."

"여섯 살 난 소년, 일본에서는 세 번째 차례였을 거야. 어디서 죽였지?"

"크으……."

"말 안 하면 네 주검에 도부나 백택부를 넣어줄지도 몰라."

"에도 건축박물관 인근의 절. 시신은 그 바닥에……."

겁에 질린 카이시의 입이 열렸다.

"바닥 아래?"

끄덕.

"이 아이는 네가 죽이지 않았지?"

이번에는 화면에 담은 렌의 사진이었다.

끄덕.

"고맙다. 푹 쉬거라."

창하의 손이 카이시의 가슴을 눌렀다. 메스를 쥔 손이었다. 찌르지도 않았건만 카이시는 파동포를 맞은 것처럼 꿀럭꿀럭 피를 쏟아냈다.

"이제 포박을 풀고 병원으로 옮겨주십시오."

창하가 리온을 돌아보았다.

"위험하지 않을까요?"

"머잖아 죽을 겁니다."

"……."

"뭐 합니까? 빨리 처리하고 세 번째 희생자 시신 수습 지시하세요."

리온은 직속 부하를 두 팀으로 나누어 극비 수사에 들어갔다. 한 팀은 세 번째 희생자의 시신을 찾으러 향했고 또 한 팀은 범인 추적에 나섰다.

―다시 한번 충격적인 소식입니다. 신체 일부를 적출하던 살인자로 지목된 12살 소년은 특별한 능력을 지닌 살인마임이 증명되었습니다. 오늘 경찰청 특별 조사실의 화면입니다. 참고로 노약자를 위해 잔인한 부분은 모자이크 처리를 했음을 알려 드립니다.

방송이 들끓고 있었다. 화면에 조사실의 참상이 나왔다. 경찰의 무리한 수사라며 기세를 올리던 인권론자들. 그들의 늑골이 처참하게 나가고 어깨 살이 뜯겨 나가는 광경이었다. 그건 12살 초등학생의 행위가 아니었다. 차라리 야수였다. 그가 물어뜯은 어깨 살은 자그마치 한 근이 넘었다. 피는 천장까지 솟구치고 바닥은 어느새 피의 강물. 광포한 야수로 변한 카이시였으니 동정론 따위는 자취를 감추었다. 화면을 본 사람들에게 남은 건 살인귀의 공포뿐이었다.

그 시간 리온의 부하들은 에도 건축박물관 부근의 절에 도착했다. 스님의 양해를 구하고 탐지견을 법당 마루 위에 풀었다.

컹컹!

탐지견이 피 냄새를 맡았다. 마루가 열렸다. 힘으로 눌러 들어내고 다시 제자리에 넣어둔 마루 조각들. 그렇기에 누구도 눈치를 채지 못한 것이다.

"우!"

경찰들은 몸서리를 쳤다. 살해당한 지 두 달이 가까운 여섯 살 소년의 시신은 거의 백골이었다. 시체 먹는 벌레 가쓰오부시무시가 포식을 한 것이다. 부패의 냄새는 불상 앞에 켜둔 향내가 감추고 있었다.

인근 주택에서 살던 아이였다. 실종 신고가 되어 있었지만 이렇게 발견이 된 것이다. 미궁 살인의 대상인 된 건 아이의 심장 때문이었다. 버스 한두 정거장 정도는 가볍게 뛰어다니던 아이였다.

"일단 안치실에 안치해 두도록."

보고를 받은 리온이 지시를 내렸다. 그녀는 렌이 사라진 현장에 있었다. 그녀의 노트북에서 영상이 돌아갔다. 건물 뒤에 서 있던 타워크레인의 반경에 대한 시뮬레이션이었다.

타워크레인을 이용해 렌을 끌어 올렸다면?

반대로 어디엔가 내려놓아야 했다. 렌이 발견된 장소로 이어지는 도로가 있지만 타워크레인은 길었다. 건물과 도로 사정을 입력하니 가능성 높은 장소 세 곳이 나왔다.

세 팀으로 나누어 수색에 나섰다. 두 번째 팀에서 단서를 잡아냈다. 자기 집 옥상에서 불꽃놀이를 보던 여중생이었다. 어둠 속에서 타워크레인이 움직이는 걸 발견했다. 호기심에 동영상을 찍었다.

크레인은 렌이 사라진 지점에서 멈췄다. 잠시 후에 다시 작동한다. 제자리로 가기 전에 한 번 더 멈췄다. 렌의 발견 지점으로 이어지는 이면도로였다. 그 인근을 뒤져 용의 차량을 찾아냈다. 차량의 소유주는 로봇 팔 연구소의 대표 공학자였다. 대형차 안은 기기괴괴한 장비들이 많았다. 장비에서는 렌의 DNA가 나오지 않았다. 하지만 공학자의 지하 연구실에서 나왔다. 역시 로봇 팔이었다.

"가능합니다."

분석 의뢰를 받은 창하가 답했다. 로봇 팔의 재원을 검토하니 힘과 손상의 강도가 렌에게 가해진 것과 거의 일치하고 있었다.

"당신이지?"

로봇 팔을 내밀며 추궁하자 공학자가 고개를 떨구었다. 이때 수사진은 한 번 더 충격에 휩싸인다. 공학자 입에서 나온 공범들의 면모 때문이었다.

"아베 박사와 요시다 보좌관이오."

"아베와 요시다?"

리온이 휘청거렸다. 아베는 경찰과학수사연구소의 특급 부검의였고 요시다는 오카다 위원장의 전임 보좌관이었다.

두 사람이 연행되어 왔다.

아베와 요시다, 그리고 로봇 팔 연구소 공학자.

알고 보니 셋은 동호회를 통해 친분을 쌓은 관계였다.

대질심문을 시키니 결국 전모가 나왔다.

출발점은 요시다 전임 보좌관이었다. 그는 위원장의 파워를 등에 업고 부정한 돈을 챙기다 걸려 파면을 당했다. 세력자의 보좌관으로 있다 잘리니 타격이 컸다. 어떻게든 복수하고 싶었다.

오카다의 그늘에 있을 때 밀어주었던 두 사람을 만나 도움을 요청했다.

"한 번만 도와주시게."

로봇 팔 연구소 공학자는 요시다에게 큰 빚을 지고 있었다. 로봇 팔 연구 과정에 들어가는 사업비 지원을 알선해 주었던 것. 당시 이 공학자의 사업체는 지원을 받을 자격이 없었다.

아베 역시 과장 승진 과정에서 편법으로 밀어주었다. 심사위원들에게 아베의 경쟁자들을 모함하는 소문을 흘림으로써 승자가 되게 한 것.

완전범죄의 궁리는 아베가 짜냈다. 1번, 2번 희생자들을 부검했던 아베. 이건 인간의 짓이 아니라는 걸 알았다. 경찰도 완전하게 헤매고 있었다. 거기에 렌을 끼워 넣은 것이다. 부검으로 알아낸 미궁 살인 데이터를 거의 완벽하게 맞춰놓은 것.

렌의 납치는 쉬웠다. 요시다와 아는 사이였던 것. 요시다가 잘린 줄 모르니 높은 곳에서 불꽃놀이를 보자는 유혹에 넘어가고 말았다. 그런 다음 공학자의 지하실로 데려가 로봇 놀이를 제의했다. 신기하게 움직이는 로봇 팔… 렌의 표정에 호기심이 가득했던 이유였다.

로봇 팔 공학자는 아베가 준 데이터를 기반으로 심장 적출을 실시했다. 사전에 동물실험까지 실시할 정도로 철두철미했다. 조금 다른 것은 로봇 팔의 섬세함이 떨어져 장기를 다 끌고 나온 것뿐이었다. 그렇다고 해도 부검의가 아베였다. 내경 검사의 차이는 그가 무마했으니 걱정할 것 없었다.

그러나 이들의 범죄 계획은 여기가 끝이 아니었다. 엽기 살인마의 다음 목표가 19─49─79세임을 아는 아베였으니 창하의 예측대로 오카다 위원장을 노리고 있었다. 그가 79세임을 내세워 심장 적출 살인에 묻어가려던 것. 이 음모는 차기 수상 경쟁 위치에 있던 중진 의원도 인지하고 있었으니 그의 정치 생명도 끝날 판이었다.

그래서 타워크레인 이용이 가능했던 것이다. 비록 파면당한 요시다지만 오카다의 비서진들 중에 렌의 동선을 협조해 줄 사람 정도는 있었던 것.

"혹시?"

체념한 아베 눈에 의문이 스쳐 갔다. 도무지 갈피를 잡지 못하던 경시청이었다. 그런데 창하가 온 후로 상황이 급변했다. 그제야 창하를 상기하는 아베였다.

"한국에서 온 검시관이 단서를?"

"맞아. 엽기 살인마도 당신들도."

리온이 묵직하게 답했다.

"하지만 부검실에서 본 그는 여기까지 눈치채지는 못한 것 같았는데?"

"트릭이었어."

"트릭?"

"당신의 부검에서 단서를 잡으셨지. 그러나 언질을 하면 문제가 생길까 봐 비밀리에 의견을 주셨어. 당신들이 엽기 살인범 검거에 한눈을 팔 때 우리는 당신들의 뒤를 쫓았지. 렌의 살인범은 따로 있다는 거. 그분은 처음부터 알아차리셨거든."

"빌어먹을… 어쩐지 눈치가 좋지 않더라니."

"그렇잖아도 곧 들어오실 거야."

"여기로 말인가?"

아베가 반응할 때 문이 열렸다. 경찰 둘의 인도를 받으며 창하가 들어섰다. 아베의 콧등이 격하게 실룩거렸다. 지상 최고의 부검의로 자부하던 아베. 신도 모르게 꾸민 완전범죄의 음모를 벗겨낸 창하의 등장이었다.

"제법이군."

아베가 먼저 냉소를 뿜었다.

"당신도."

창하가 그 냉소를 받았다.

"어떻게 알았나?"

"뭐 말인가? 부검의 차이? 아니면 당신들의 소행?"

"둘 다."

"부검이라면… 굉장하더군. 첫 번째 부검과 두 번째 부검의 평균치를 응용한 렌 살해법. 거기에 엽기 살인마의 살해 순서까지 맞혔으니 말이야. 하지만 두 가지는 틀렸더군. 범인의 활동 시기… 렌의 경우에는 하루 정도 오버였어. 그런 경우는 없었거든."

"……."

아베가 경련하는 게 보였다. 사실 모르는 건 아니었다. 그러나 불꽃놀이 때문에 어쩔 수가 없었다.

"또 하나는 횡경막의 손상 형태. 그것만 보고도 다른 범인이 개입하고 있다는 걸 알았어."

"말도 안 되는……."

"당신 입장에서는 그럴지도 모르지. 하지만 당신은 이걸 몰랐어. 미궁 살인마, 당신들 일본에서 말하는 심장 살인의 가면을 벗겨낸 게 나야. 도구 없는 살인, CCTV에도 잡히지 않는 살인… 그 미지를 개척한 내가 엽기 살인 방식을 몰랐을까? 당신은 한국과 중국의 정보를 모아 응용했겠지만 나는 개척자라고. 그 노하우는 질적으로 다르지."

"어떤 차이가 있었나?"

"역시 평균치. 하지만 빗나갔지. 만약 4번과 5번 희생자로 평균치를 냈다면 외표 손상만으로는 몰랐을 거야. 뭐 그렇다고 해도 내경 검사에서 드러났겠지만."

"내경의 차이는 뭐였나? 도로 집어넣은 장기들은 거의 똑같은 조건으로 만들어놨는데……."

"그렇잖아도 그 질문이 나올 것 같아서 이걸 준비했지."

창하가 후쿠시마 인근 해역이 원산인 생물 생태 두 마리를 꺼내놓았다.

"생태?"

"잘 보라고."

창하의 메스가 그 배를 갈랐다. 내장이 드러났다. 창하 손이 내장을 거머쥐었다.

"제대로 봐야 할 거야. 나는 재방송 같은 거 안 하거든."

손가락에 힘이 들어간다. 그러자 내장이 얌전히 분리되어 나왔다.

"……?"

"그에 비해 당신은 이거였지."

남은 한 마리를 같은 방법으로 내장을 거머쥐는 창하. 이번에는 손가락에 힘을 주어 내장을 끊는 게 아니라 우격다짐으로 잡아채는 식으로 내장을 꺼내놓았다.

"이해가 가나?"

"······?"

"안 가도 상관없어. 범인은 괴물에 버금가는 괴력으로 심장을 움켜쥐고는 주변 혈관을 압박해 끊어버리는 방식이었는데 당신이 알 리 없었지. 그걸 모르고 같은 크기의 힘으로 그냥 잡아당겨 버린 거야."

"······."

"그래서 렌의 손상에서는 범인의 DNA가 나올 수 없었지. 납치도 살해도 로봇 팔을 이용했으니. 혼란을 위해 당신은 1번, 2번의 샘플을 바꿔치기해서 DNA 검출을 막았고."

"처음부터 그걸 알았다는 건가?"

"데이터가 말해주더군. 렌의 시신 말이야. 뭐든 1번과 2번 시신의 평균값이었어. 당신도 부검의니까 알겠지만 평균적인 살인은 불가능해. 왜냐면 살해당한 사람들의 개별 특성은 각각 다르니까. 그래서 시신은 거짓말을 못 한다는 말이 있는 것 아닌가?"

"이런 망할!"

아베가 테이블을 치며 일어섰다. 하지만 그 얼굴에 날아든 건 생태에서 나온 내장 덩어리였다.

"······?"

"치졸한 놈, 사인을 밝혀내야 할 신분의 부검의가 부검으로 얻은 정보를 팔아 희생자를 늘게 하다니."

남은 내장이 마저 날아왔다. 넋을 놓은 그 입에 한 무더기 제대로 골인이었다.

"네 실력은 훌륭했어. 어쩌면 나 이상이었을지도 모르지. 그런데 너하고 나의 진정한 차이가 뭔 줄 알아?"

"······?"

"너는 부검을 네 출세와 사욕에 이용했고 나는 부검의 본질에 충실한 것."

"······."

"양심이 있으면 자숙해라. 넌 엽기 살인마보다 더 추악하고 흉측한 인간이야."

마무리는 남은 생태였다. 그걸 아베의 얼굴에 패대기를 치고는 복도로 나왔다. 정말이지 썩은 동태 눈알만도 못한 인간이었다.

*   *   *

다음 날 아침, 창하는 일본 경찰과학연구소 강단에 마련된 기자회견장에 있었다. 올 때는 극비였던 초빙. 미궁 살인의 전모가 밝혀졌으니 패를 까는 일본 정부였다. 그 막후에 오카다가 있었다. 손자 주검의 비밀을 밝히고 범인까지 체포하게 되자 창하의 공을 밝히는 것이다.

거기에는 정치적 계산도 깔려 있었다. 오카다는 한국과의 관계 개선, 나아가 그런 배경을 만든 일본 정부의 공식 사과를 꿈꾸고 있었다. 그렇기에 일본을 휩쓸던 엽기 살인이 한국 부검의의 도움으로 해결되었다는 걸 공표하며 분위기를 조성하려는 생각이었다.

사실 숨기고 넘어갈 수도 없었다. 오카다 제거의 공범으로 지목된 중진 의원이 할복을 감행한 것이다. 그 부검장에는 창하도 배석했다. 집도는 부장이 했다. 손상은 여러 곳이었다. 주저흔이었다. 무사가 아닌 다음에야 할복도 쉬운 일은 아니었다.

"죄송합니다."

부검이 끝나자 부장이 창하에게 고개를 숙였다. 사과는 아베에 대한 것이었다. 그의 오른팔로 신뢰하던 아베. 부검으로 사건 해결에 일조한 게 아니라 사건을 더 복잡하게 만들었던 것.

기자회견의 시작은 경시총감이 맡았다. 단상으로 나온 그, 배석한 창하에게 묵시적인 시선을 주고는 전모 발표에 나섰다.

"국민 여러분……."

착잡한 목소리가 이어졌다.

"금일 우리 경찰은 21세기 들어 최고로 참담한 사건의 전모를 발표하게 됨을 유감으로 생각합니다. 36세와 57세의 엽기

적인 사망으로 시작된 이 초유의 살인은 한국에서 파견된 검시관의 도움을 얻고서야 비로소 범인의 실체를 파악해 체포하기에 이르렀습니다."

침묵…….

모두의 침묵이었다. 이미 사건의 얼개를 알고 있는 기자들이기에 그들도 다르지 않았다.

"범인은 카이시, 초등학교 5학년입니다. 방송 보도로 보셨겠지만 현대 과학으로는 분석하기 어려운 조건을 갖추고 있었습니다. DNA가 그랬고 CCTV 카메라에 잡히지 않는 것이 그렇고, 초인에 비견되는 파워, 몸의 근육들이 그렇습니다."

경시총감이 돌아보자 화면이 나왔다. 부검실이었다. 집도의는 창하. 부검대 위의 시신은 카이시였다. 백택의 메스가 찬란하게 빛난다. 방성욱의 비원을 이루는 마지막 과정인 줄 아는 것이다.

화면이 팔의 근육 구조를 클로즈업했다. 위팔세갈래근, 위팔두갈래근, 자쪽손목폄근, 손가락폄근 등이 차례로 나왔다. 각 근의 평균 파워와 카이시의 파워가 비교되었다. 그 단위는 흡사 개미와 황소의 그것처럼 비교 불가였다.

"보시다시피 범인 카이시의 파워는 인간을 초월하고 있습니다. 마치 판타지의 한 장면처럼 보름달이 가까우면 살인 충동을 느낍니다. 그리하여 그가 정한 차례대로 장기를 적출하여 보관을 했던 것입니다."

다시 화면이 바뀐다. 이번에는 경시청의 조사실이었다. 인권론자들을 상대로 야수의 광기를 뿜는 모습이었다. 뉴스에 나간 것과 달리 모자이크는 들어 있지 않았다. 기자들에게만은 팩트 그대로를 전달하는 것이다.

"우."

몇몇 여기자들이 몸을 움츠렸다. 보는 것만으로도 뼈를 치는 공포였다.

"카이시의 또 다른 미스터리입니다. 물결처럼 흔들리는 부분을 주목하시기 바랍니다."

이번에는 범죄 장면이었다. 다섯 희생자들이 당하는 순간을 담은 CCTV가 셋 있었다. 첫 화면은 그냥 CCTV였다. 희생자는 마치 투명 인간에게 당하듯 쓰러졌다. 그다음 화면이 나왔다. 첫 화면과 같았다. 하지만 노이즈가 많았다.

기자들은 차이를 몰랐다. 하지만 한 기자가 눈치를 차렸다.

"노이즈."

그가 중얼거리자 다른 기자들도 감을 잡았다. 노이즈가 심하게 끼어든 화면. 자세히 보니 형체를 이루고 있었다. 신장은 160㎝ 정도다. 그게 이동한다. 그 몸짓에 따라 희생자가 쓰러진다. 사람은 보이지 않지만 사건 이해를 높이는 데에는 기막힌 분석이 아닐 수 없었다.

뒤를 이어 카이시의 DNA 구조도가 펼쳐졌다. 인간이지만 인간과 다른 특성의 DNA. 과학수사연구소에서 분석한 것이니 틀릴 일도 없었다.

"우!"

기자들이 술렁거렸다. 과학으로는 설명할 수 없는 범인의 신체 특성. 설명을 들으면서도 믿기지 않는 것이다.

"나아가 이 사건에는 불손한 계획을 가진 자들이 끼어들어 악용했던바, 그 또한 일거에 검거하게 되어 다행으로 생각합니다."

"……."

"마지막으로 범인은 놀랍게도 자기 어머니까지 살해해 집안의 장소에 유기하고 있었습니다. 해서 우리 경찰은 다양한 경로를 통해 결론짓기를……."

잠시 숨을 고른 경시총감이 남은 말을 붙여놓았다.

"유전자 돌연변이로 인한 광인의 참극으로 규정하게 되었습니다. 디테일한 것은 한국에서 오신, 이 사건의 미스터리를 풀어주신 이창하 검시관께서 설명해 드릴 겁니다."

경시총감이 연단을 내려왔다. 리온이 창하를 향해 끄덕, 차례를 알렸다. 부검복 차림의 창하가 연단에 올랐다.

"대한민국 국과수 검시관 이창하입니다."

창하의 목소리는 또렷했다. 숨을 죽이던 기자들이 다투어 손을 들기 시작했다.

"NHK의 유타로입니다."

"도쿄신문의 세츠네입니다."

기자들의 시선은 오직 창하에게 있었다. 창하는 그들의 질문을 하나하나 다 받아냈다. 손이 흉기인 것을 증명하고 렌의 주검이 공학자가 만든 로봇 팔에 의한 것, 그 발단이 부검 전문가인 아베로부터 비롯된 점, 렌의 실종에 타워크레인이 동원된 점……

"……!"

말문이 막히는 건 오히려 기자들이었다. 창하의 답변은 명쾌했고 그 분석은 과학적 입증 위에 있었다. 틈 없는 위엄에 일본 기자들은 전율할 뿐이었다.

"그렇다면 이창하 검시관님, 중국에서도 유사한 사건이 있었다고 들었습니다. 그 사건의 종식 시기에 당신은 중국에 있었고요. 그것 역시 당신이 해결한 겁니까?"

마지막으로 날아온 요미우리의 기자의 질문. 창하의 답은 한마디였다.

"노코멘트."

부검의도 의사다. 상대가 원하지 않는 한 비밀을 지켜준다. 일본 땅이라고 해서 변할 건 없었다. 가벼운 인사를 끝으로 단상을 내려왔다.

짝— 짝!

단상의 경시청장이 박수를 보내왔다. 리온이 그 뒤를 잇는다. 그러자 운집한 기자들도 기립 박수로 창하를 인정했다. 자리로 돌아온 창하, 한 번 더 인사하며 예를 갖추었다. 60년

주기의 미궁 살인에 종지부를 찍는 순간이었다.

"이 선생님."

회견장을 나오는 창하를 리온이 불렀다.

"남은 게 있나요?"

"아닙니다. 오카다 위원장님의 부탁이 있어서요."

"부탁?"

"지금 렌의 장례 중입니다. 마치는 대로 꼭 좀 뵙고 싶다고 하시네요."

"장례는 어디죠?"

"자택에서 하고 계십니다."

"자택?"

창하가 고개를 들었다. 일본의 장례 문화는 한국과 다르다. 전문 장례식장을 찾기도 하지만 집에서 조용히 거행하는 경우도 많다. 그런 다음 화장을 하고 유해는 납골에 두거나 집안에 보관한다.

"실례가 안 된다면 저도 참석하겠습니다."

"선생님이요?"

"이번 사건의 해결… 어쩌면 렌의 덕분인지도 모르거든요."

"선생님."

"렌이 아니었다면 저를 부르지 않았겠지요."

"……."

"여쭤봐 주세요. 번거로워하신다면 제가 기다리겠습니다."

"알겠습니다."

리온이 핸드폰을 꺼냈다. 오카다의 대답은 예스였다.

"이 선생님."

저택의 오카다가 창하를 맞았다. 해쓱한 얼굴의 렌 부모도 함께였다. 렌의 영정으로 다가가 꽃을 놓았다. 노란 해바라기 한 다발이었다. 노란 유치원복을 입은 렌과 잘 어울렸다.

"해바라기는 해님하고 친하다지? 하늘로 갔으니 해님하고 잘 지냈으면 해서."

창하가 중얼거렸다. 뒤에 선 렌의 엄마가 흑, 눈물을 삼켰다.

장례의 분위기는 불교식이었다. 렌의 심장은 제자리로 돌아왔다. 공학자가 묻은 곳을 뒤져 찾아낸 것이다. 부패가 진행 중이었지만 시신과 함께 화장할 예정이란다.

"뭐라고 드릴 말씀이……."

오카다 가족에게 애도를 표했다. 해바라기보다 더 청아한 소년 렌. 어쩌면 저기 활짝 열린 문을 열고 뛰어들 것만 같았다.

"이 선생님."

작은 후원에서 오카다가 입을 열었다. 79세의 노익장. 그러나 손자를 보내는 날이라 그런지 굉장히 의연해 보였다.

"예."

"해바라기 말이오……."

"실례가 되었다면 죄송합니다. 렌을 생각하니 노란 꽃밖에 떠오르지 않아서……."

"괜찮습니다. 당신이라면 빨간 장미를 가져왔어도 렌이 좋아했을 테니까요."

"……."

"보세요. 여기 이 노란 꽃들… 2년 전에 렌과 내가 심은 것들입니다. 아마 유치원에서 돌아온 후였을 겁니다."

노회한 정치가가 하늘을 본다. 시선이 허공처럼 비어 있다.

"마당을 노란 꽃으로 채워 버리자. 렌이 한 말입니다."

"……."

"그래서 내년 봄이 오면 여기 노란 꽃을 심으려고요. 렌이 좋아하던 것들로 말입니다."

"……."

"이 아이가 내 목숨을 구한 거 맞죠?"

오카다의 목소리는 점점 더 비어갔다.

창하는 긍정도 부정도 하지 않았다. 오카다의 입장에서는 그렇게 믿을 수 있었다. 만약 렌이 아니었더라면 창하를 부르지 않았을 것이다. 그렇게 다음 보름 즈음이 오면 오카다의 살해가 예정되어 있었다. 미궁 살인의 단서를 잡지 못하는 일본 경찰들이니 오카다의 살인 역시 미궁 살인으로 묶여 넘어갈 가능성이 높았다.

실내를 가리킨 오카다가 앞서 걷는다. 긴 마루가 이어지는 벽에 사진들이 걸렸다. 10여 장의 사진은 시대를 이어가는 오카다 집안의 계보였다. 그 끝에 유치원 입학 때 찍은 렌의 사진이 걸렸다.

"우리 렌이 잘 하던 말이 있습니다."

오카다가 사진을 쓰다듬는다. 조용한 미소가 흐른다. 창하는 느낄 수 있었다. 늙은 정치가는 지금 렌을 만나고 있다. 눈에 넣어도 아프지 않을 손자. 천사보다 아름다운 미소를 지으며 사진에서 걸어 나와 할아버지 품에 안긴다.

할아버지.

"언제나 정직해야지."

손자를 안은 할아버지가 아지랑이처럼 중얼거린다.

"……."

"선대부터 정치가 집안이었던 우리 가훈 중의 하나죠."

"……."

"정병권 총리가 직을 그만두고 특사로 왔을 때 렌이 인사를 했습니다. 그분과 차 한잔의 사담을 나눈 뒤였습니다. 내가 여러 이유로 일본의 잘못에 대해 솔직하지 못했다고 하자 렌이 벌떡 일어서며 기합처럼 외쳤습니다."

정직해야지.

그건 소년 오카다에게 그의 아버지가 강조한 말이었다. 그의 아버지 역시 일본에서 내로라하던 정치가였다. 오카다는 그 말을 반석으로 삼아 정치에 진출했고 국민의 신망 속에 살았다.

"렌 덕분에 연장되는 목숨입니다. 렌에게 부끄럽지 않기 위해서도 그 말을 당장 실천할 생각입니다."

"……."

"다시 한번 선생님에게 감사를 드립니다."

오카다가 고개를 조아렸다. 창하 역시 그의 허리 각도에 맞춰 화답을 했다.

오카다는 군말을 달지 않았다. 그러나 무슨 뜻인지 알 것 같았다.

"언제든 어느 때든 이 사람이 필요하면 연락하십시오. 당신에게 큰 신세를 졌습니다."

오카다가 또 한 번 고개를 숙였다. 그 어깨 너머의 문에 황금빛이 비치더니 렌의 유치원 친구들이 들어섰다. 가지런히 줄을 선 아이들의 손에 꽃이 하나씩 들렸다. 노란 유치원복조차 탐스러운 꽃처럼 느껴졌다.

"렌, 이것 봐. 친구들이 왔어."

엄마가 영정을 향해 소리친다. 노란 꽃들이 물결처럼 렌의 영정 앞으로 몰려든다. 사진 속의 렌이 웃는다.

선생님, 잘 가요.

렌이 문까지 따라와 인사를 했다. 창하의 눈에는 그렇게 보였다.

호텔에 들러 짐을 꾸렸다. 배웅은 처음처럼 소오타의 몫이었다.

"고맙습니다."

입국장 앞에서 그가 고개를 숙였다.

공항에 들어서자 오카다의 기자회견 장면이 나왔다. 렌과 같이 심었다는 후원의 노란 꽃 앞이었다.

—국민 여러분의 염려 덕분에 렌을 잘 보냈습니다. 함께 마음 써주어 고맙습니다. 범인의 단서를 찾기 위해 귀한 시간을 내어 날아와 준 한국의 이창하 검시관과 우리 수사진들, 고생이 많았습니다. 한국 검시관의 파견 요청은 제가 했습니다. 최근 일본과 한국의 관계를 고려할 때 어려운 결단이었습니다. 그러나 렌은 물론, 무고한 목숨들이 잔혹하게 죽어나가는 걸 보고만 있을 수 없었습니다. 이 일에서 보듯 아픈 과거사에도 불구하고 일본과 한국은 가까워져야 합니다. 그런 의미로 한국에 끼친 수출 규제 조치에 대해 책임 있는 일본 정치가의 한 사람으로 머리 숙여 사과를 드립니다. 그것은 선린 관계를 지향하는 양국 관계에 있어 바람직한 조치가 아니었다고 생각합니다. 이 문제는 한국의 전임 정병권 총리와 언질이 된바, 한국에 새 정부가 출범하면 공식 사과와 함께 새로운 협력관계가 열리기를 희망합니다.

오카다의 회견은 이내 한국으로 타전되었다. 차기 총리로 유력한 오카다. 렌의 장례식에서 현직 수상의 조문을 받았으니 사전 조율 여부도 조심스레 제기되었다. 일본 정부의 공식 입장이 아니라 해도 고무적인 일이 아닐 수 없었다.

백택의 메스가 떠올랐다. 그 환상 위에 방성욱의 얼굴이 희미하게 어린다. 점성술사도 비친다. 창하의 마음이 덩달아 푸근해진다. 부검의가 된 건 정말 잘한 일 같았다. 이런 자부심은 어떤 의사도 느끼기 어려울 일이었다.

─이 선생님.

면세점에서 기념품을 고를 때 국제전화가 들어왔다. 뜻밖에도 정병권이었다.

"후보님."

─지금 어디 계십니까?

"도쿄공항에서 탑승을 기다리고 있습니다만……."

─이 선생 덕분에 이 사람이 기사회생하는 모양입니다.

"예?"

─조금 전에 여론조사 결과가 들어왔습니다. 그쪽 이야기를 들으니 일본 쪽 뉴스가 나오기 전에 오차 범위 내에서 앞서고 있었는데 뉴스 후의 두 시간 사이에 판세가 완전히 바뀌었답니다. 제가 46 대 39로 나왔습니다.

"우와, 축하드립니다."

창하 입이 쩌억 벌어졌다. 뉴스의 힘은 비행기보다도 빨랐다. 오카다의 회견이 정병권에게 후광이 된 것이다. 사적으로나마 새 일본 수상이 유력한 인물의 사과를 이끌어냄으로써 정치 역량을 평가받은 것.

정병권.

선거 막판에 그가 다시 기선을 잡기 시작했다.

비행기에 오르는 창하의 발걸음도 구름처럼 가벼웠다.

제9장
—
심장 탐포나데의 진짜 뇌관

디데이가 다가왔다.

대통령 투표일의 막이 오른 것이다. 공휴일이지만 창하는 출근을 했다. 중요한 부검이 떨어진 것이다. 그래도 투표는 했다. 누구를 찍었는지는 비밀이었다.

"선생님."

창하가 출근하니 원빈과 광배도 자동 출근이었다.

"죄송합니다. 쉬는 날 쉬지도 못하게 하고……."

창하가 커피로 위로를 했다.

"무슨 소리예요? 이 선생님 출근하는데 내가 쉬면 마누라가 핵폭발합니다. 마누라가 선생님 광팬이거든요."

광배가 무한 신뢰를 보내주었다.

"투표는 하셨죠?"

"당연하죠. 지지하던 분 팍팍 눌러주고 왔습니다."

원빈의 기분도 좋아 보인다.

"그나저나 어떻게 생각하세요?"

광배가 오늘의 부검에 대한 생각을 물어왔다.

"글쎄요. 시신을 아직 못 봤으니……."

창하가 어깨를 으쓱해 보였다. 오늘 창하에게 배정된 부검은 특별한 케이스였다. 일단은 한국인이 아니다. 부검 과정도 굉장히 복잡하게 결정이 되었다. 부검 영장이 떨어졌지만 시신을 확보하지 못한 것이다. 이 사건으로 인해 두 명이 더 목숨을 잃었다. 극단적인 분신자살이었다.

문제는 불법체류였다. 정권 말, 현직 대통령이 팔을 걷고 나섰으니 현안 문제를 정리해 차기 정권의 부감을 줄여주려는 의도였다. 사회 전반에 대한 분위기 쇄신이 목적이었는데 불법체류자 정리도 포함되어 있었다. 그사이 태국과 베트남을 비롯한 불법체류자들이 폭증하고 있었다. 그러던 와중에 불법체류자들 간의 연쇄살인사건까지 발생하자 엄명이 떨어진 것이다.

불법체류 단속이 강화되자 인권 팔이를 앞세운 브로커들이 활개를 쳤다. 그들이 바람을 넣었다.

데모해라.

한국은 데모면 다 된다.

이슈화되면 우리가 뒤에서 돕는다.

불법체류가 인정되면 행정적 절차가 뒤따른다. 그 수수료의 이권을 노리는 치졸한 작태였다.

2천여 명이 동대문에 모여 시위를 시작했다. 온갖 나라의 외노자들이 모이니 폭주하는 사람도 있었다. 경찰이 저지하자 폭력을 앞세워 경찰을 두드렸다. 처음에는 경찰이 인내했지만 한계가 있었다. 게다가 국민들의 정서도 경찰 편. 강제해산령이 떨어졌다.

이미 선을 넘은 불법체류자들은 그냥 밀리지 않았다. 극렬한 폭력으로 맞서게 되니 경찰의 공세 또한 커졌다. 그 와중에 시위를 주도하던 방글라데시 출신의 바잔다르가 숨졌다. 그는 중국인 불법체류자 런쩡페이와 함께 시위를 구상한 리더였다.

사망 과정도 극렬했다. 쇠 파이프로 경찰을 공격하다가 제압을 당하니 나이프까지 꺼내 든 것이다. 그 과정에서 피치 못할 충돌이 있었고 그로 인해 사망하고 말았다. 바잔다르는 이마가 찢겨 나가면서 출혈이 많았다. 낭자한 혈흔이 불법체류자들을 부추기게 되었다.

한국 경찰이 사람을 죽였다.

불법체류자들이 들끓었다. 한국 시위 전문가들의 가세에 줏대 없는 야당 국회의원까지 기웃거리니 상황은 더 악화되었다.

경찰의 입장은 달랐다. 폭력 제압 과정에서 행사한 정당한 공권력이었다. 게다가 당시 현장 경찰들을 조사한 결과 머리와 손의 상처는 자해였고 무기를 뺏는 과정에서 가슴을 차 밀어낸 것밖에는 없다고 맞섰다.

불법체류자의 문제일까?
아니면 역시 경찰의 과잉 진압으로 인한 사망일까?

그걸 가리는 길은 부검밖에 없었다.
부검해 보자.
경찰이 제의했다. 그러자 불법체류자 진영에 불협화음이 일었다.

피를 보니 경찰이 때려서 죽은 게 확실한데 무슨 부검이냐.
경찰이 결과를 조작할 것이다.
국과수도 한국 경찰 쪽 기관인데 어떻게 믿냐.

"부검 절대 불가."

불법체류자들이 거부하고 나섰다.

경찰이 대안을 내놓았다.

그렇다면 너희들이 믿을 만한 사람을 내세워라. 너희들 나라의 의사도 좋고 검시관도 좋다.

그 말이 먹혔다. 마침 주동자의 한 사람인 런쩡페이가 중국에서 부검의였던 것. 그는 자국에서 범죄에 연루되어 밀입국한 뒤 한국으로 들어와 불법체류 중국인들을 상대로 의료 행위를 하던 중이었다.

그가 조건부 부검을 수락했다.

부검의는 이창하.

상세 조건도 따라왔다.

「부검실에는 이창하와 런쩡페이만 입실한다.」

「결과에 이견이 있을 시에는 중국 부검의들에게 자문을 구해 결정한다.」

복잡한 구도지만 경찰이 받아들였다. 문제 해결을 위해서는 부검이 필수적인 데다 창하를 신뢰하기에 수락한 것이다.

런쩡페이가 왜 창하를 지명했는지는 창하도 몰랐다. 그가 중국의 부검의였다니 혹시 미궁 살인에 대한 소문을 들었으려나 짐작할 뿐이었다.

"현재 22%의 투표율을 기록하고 있습니다. 그럼 여기서 각 후보들의 투표 현장으로 가보겠습니다."

방송에 후보들 영상이 나왔다. 정병권 후보가 보였다. 사모님과 함께 투표를 하는 장면이다. 마지막 여론조사까지는 5% 격차로 리드하던 정병권. 표정은 밝아 보였다.

"어, 소장님 오시는데요?"

화면을 보던 원빈이 주차장을 가리켰다.

"아, 이런 날은 좀 쉬시지⋯⋯."

창하가 일어섰다.

"이 선생."

차에서 내린 피경철이 생강차를 내밀었다.

"뭐 하러 나오셨습니까?"

창하가 볼멘소리를 냈다.

"소장 대우 좀 받으려고 나왔네. 뭐가 잘못됐나?"

"⋯⋯."

"권 과장도 나온다는 거 내가 직급으로 눌렀어. 그건 잘했지?"

"그렇네요."

"미안하네. 무거운 짐들을 다 떠넘겨서⋯⋯."

"그러게요. 그 불법체류 주동자들, 기왕이면 우리 소장님을 지명하지⋯⋯."

"명예훼손으로 걸어버릴까? 국과수 소장 알기를 우습게 안다고?"

"으음, 변호사 선임비 반은 제가 대겠습니다."

"됐고, 아침은 챙겨 먹었나?"

"뱃살 관리 때문에 간간히 스킵해 주고 있습니다."

"이 선생, 내가 왜 소장 자리를 꿰찬 줄 아는가?"

피경철의 목소리가 묵직하게 깔렸다.

"……."

"혹시라도 이 선생에게 무슨 일이 생기면 방패가 필요하지 않겠나? 그때 평검시관 피경철보다 소장 피경철이 먹힐 것 같아서였네."

"소장님."

단 한마디에 창하 가슴이 먹먹해진다.

"이번 사건도 좀 어렵지. 어쨌든 신념대로 가시게. 나는 언제든 사표 던질 준비가 되어 있으니까."

"그 사표 찢어버린다고 약속하시면 신념대로 가겠습니다."

"이 선생."

"눈, 손, 메스, 그리고 양심. 산 사람도 아니고 죽은 사람을 돌보는 것이니 부검 원칙에만 충실할 뿐입니다."

"듣기 좋군."

피경철이 웃는 사이에 차량 행렬이 들어섰다. 기다리던 시신이 도착한 것이다. 경찰에 이어 런쩡페이가 내렸다. 40대 후반의 나이에 깡마른 체구, 꽁지 머리가 인상적이었다.

"반갑습니다."

런쩡페이가 창하에게 손을 내밀었다. 그러자 뒤따라온 기자들의 카메라가 불을 뿜었다.

"이창하 선생님, 지금 심경이 어떻습니까?"

녹음기도 무리 지어 디밀어진다.

"혹 외압 같은 건 없었습니까?"

"기자 여러분."

걸음을 멈춘 창하가 기자들을 돌아보았다.

"여기는 국과수입니다. 우리는 과학적 진실과 망자의 명예 외에는 어느 쪽으로도 기울지 않습니다."

짧게 응수하고 런쩡페이를 안내했다. 복도를 지나 부검실로 향했다. 전반적인 사건 내용은 이미 숙지하고 있으니 본론으로 직행하는 창하였다.

곧 이어 시신이 들어왔다.

"미안하지만."

런쩡페이가 핸드폰을 들어 보였다. 동영상을 찍겠다는 뜻이다. 창하는 기꺼이 수락했다. 꿀릴 게 뭐 있단 말인가?

"시신을 개봉해 주시죠."

창하가 그에게 말했다. 원래는 원빈과 광배의 일이지만 혹시 모를 오해를 방지하기 위한 선택이었다. 시신이 드러났다.

"일단 외표 검사를 하고 CT를 찍죠. 내경 검사는 선생님이 주도하서도 좋습니다."

원칙을 세워주었다. 런쩡페이는 거절하지 않았다. 그 역시 부검 경험이 있는 사람이었다.

외표상 주목할 만한 상처는 다섯 개였다.

―찢어진 왼쪽 이마.
―오른손에 평생으로 생긴 세 개의 상처.
―가슴 윤곽을 따라 생긴 얕은 상처.

찰칵찰칵.

사진기가 바빠졌다.

그 외에 팔뚝과 어깨, 등, 무릎 등에 난 작은 상처는 셀 수도 없었다. 경찰의 포위망을 뚫는 과정에서 몸부림을 치면서 발생한 것들이다. 뉴스를 통해 몇 번이고 확인한 장면은 몸서리를 칠 정도였다. 경찰과의 대적 중에 일어난 참사였으므로 입이나 손톱 등은 검사하지 않았다.

다음 과정은 CT 촬영이었다. 그것 역시 런쩡페이가 지켜보는 가운데 실시되었고 현상까지도 그렇게 진행이 되었다.

단층촬영 화상이 나왔다. 런쩡페이는 머리부터 살핀다. 그의 미간이 살짝 구겨지는 게 보였다.

「경찰에게 머리를 맞아 뇌 손상으로 사망」

불법체류자들의 주장이었다. 그런데 머리에서 별다른 손상이 나오지 않은 것이다.

"뇌는 예민한 곳입니다. CT에 손상이 잡히지 않을 수도 있어요."

그가 CT 결과를 일축했다. 창하는 대꾸하지 않았다. 그 말은 맞을 수도, 틀릴 수도 있었다. 인간의 몸은 그렇게 신비한 우주였다. 다음으로 시선을 끈 건 심장 쪽이었다. 뜻밖에도 심장 탐포나데가 나왔다.

"심낭에 액체가 고였군요."

창하는 액체라고 표현했다. 혈액일 가능성이 100%지만 런쩡페이를 자극하고 싶지 않았다.

"그 또한 경찰의 폭력 때문입니다."

런쩡페이의 응답이었다. 마지막으로 어깨의 골절과 정강이의 골절이 나왔다. 어깨 골절은 나름 심각했다. 창하는 그 골절에 주목했다. 어깨에 가해진 충격은 심장에도 영향을 미치기 때문이었다.

"집도하시죠."

부검실로 돌아와 시신을 가리켰다.

"머리부터 보죠."

그의 우선순위는 여전히 머리였다.

"직접 여시겠습니까?"

"아뇨, 주인에게 양보합니다."

그가 거절하니 창하가 전동 톱을 잡았다. 머리가 열렸다. CT에서 본 바처럼 뇌는 깨끗했다. 손상도 없고 출혈도 없는 것이다. 고개를 갸웃하는 그에게 심장을 가리켰다. 심장 탐포나데를 확인할 차례였다.

일반적으로 많이 쓰는 메스는 다섯 가지다. 그는 10번 메스를 집어 들었다. 독특한 선택이었다. 보통 절개에 쓰는 메스는 20번이었던 것.

솜씨는 봐줄 만했다. 쇄골 아래에서 불두덩까지 단숨에 내려간 것이다. 심장을 감싸고 있는 주머니가 나왔다.

심낭(Pericardium)이다. 심낭 안에는 액체가 들어 있다. 태어나는 순간부터 절대 쉬지 않는 발전기로 불리는 심장. 그걸 돌리는 윤활유였다.

이 심낭 안으로 혈액이 들어가면 심낭의 압력이 높아져 심장을 압박한다. 보통 300㎖ 이상의 혈액이 차면 심장은 더 이상 뛰지 않는다.

심낭을 여니 액체의 정체가 드러났다. 창하가 생각하던 대로 '혈액'이었다. 런쩡페이가 원인을 찾아냈다. 동맥류가 나온 것이다. 동맥류가 있는 사람의 심장은 정상인의 그것에 비해 충격에 약하다. 런쩡페이도 그걸 알고 있었다.

사망의 원인은 심낭 내 혈액 축적, 즉 혈심낭이었다.

찰칵!

사진기가 혈심낭을 앵글에 담았다. 그렇다면 그 폭발의 뇌관은 무엇이었을까? 그걸 찾아내는 게 이 부검의 핵심이었다.

"머리가 아니라 가슴팍을 맞은 게 치명상이었군. 동맥류가 터질 정도로 무지막지한 폭행을 가한 거야."

런쩡페이가 치를 떨었다. 그가 판단하는 뇌관은 가슴팍에 가해진 폭행이었다.

"결론이 나왔습니까?"

창하가 차분히 물었다.

"그렇소. 가슴 부위에 난 이 상처 말이오, 가슴 윤곽을 따라 생긴 걸로 보아 워커나 운동화 자국입니다. 발로 찼거나 밟았겠지. 그 충격으로 인해 심장 혈관에 있던 동맥류가 터졌소. 그 바람에 출혈이 심낭으로 흘러들면서 사망한 겁니다. 보이시오?"

런쩡페이가 동맥류 혈관을 확인시켜 주었다. 꽈리처럼 부풀어 오른 흔적이 확연했다. 펑 하고 터진 흔적도 알아볼 수 있었다. 심장 동맥류가 왜 무서운지를 보여주는 광경이었다.

찰칵!

사진이 빠지지 않았다.

"동맥류에 의한 혈심낭사로군요?"

"당연하지 않겠소?"

"그럼 이제 제 소견을 말해도 되겠습니까?"

창하가 한 발 앞으로 나섰다.

"말하시오."

뇌관을 확인한 런쩡페이는 한없이 느긋해 보였다. 하지만 창하의 느낌은 아주 달랐다.

* * *

"알아서 하시오."

런쩡페이가 메스를 내려놓았다. 승부는 끝났다는 표정이었다.

"일단 손상부터 짚고 갈까요?"

창하가 시신의 이마로 다가섰다. 왼쪽 이마의 상처는 결코 적은 부위가 아니었다. 출혈도 심해 불법체류자 진영에서 사망의 원인으로 생각하던 이유였다. 그러나 그 손상의 정도는 외표에서 머물렀다. 머리뼈까지 영향을 준 건 아니었다.

"사망의 원인은 아닙니다. 공감합니까?"

창하가 물었다.

"그렇소."

런쩡페이가 동의했다.

"하지만 이 손상은 방어흔이 아니라 자해흔으로 생각되는데 어떠십니까?"

"무슨 소리요? 경찰에게 얻어맞았는데 자해흔이라니?"

"직접 보셨습니까?"

"경찰이 겹겹이 에워싸고 구타를 하는데 어떻게 본단 말이오?"

"좋습니다. 과정은 놔두고 상처를 보시죠. 이 손상의 각도
는 위에서 아래로 찍은 것입니다. 게다가 진행 방향이 직선이
죠."

"그게 뭐 어쨌다는 거요?"

"통상의 방어흔이라면 피살자가 완벽하게 묶여 있지 않는
한 공격을 피하려는 본능 때문에 손상에 멈춤이나 곡선의 형
태가 나옵니다. 참고 자료 좀 보시겠습니까?"

창하가 직접 화면을 띄웠다. 다른 시신의 자료였다.

"그게 사안마다 다를 수 있는 것 아닙니까?"

"그럼 잠시 손으로 넘어가죠. 여기 보시면 평행 손상이 세
개 보입니다. 동일한 힘으로 가해한 흔적이죠. 이 각도를 잘
보시면 이마와 거의 일치하는 걸 볼 수 있습니다. 공격자의
멈춤이나 곡선 형태는 보이지 않지요."

"요점은 심장입니다. 자해라고 해도 부수적인 일이에요."

런쩡페이의 목소리가 높아졌다.

"정확히 말해서 요점은 두 개, 즉 머리와 심장이었죠. 이
제 선생님이 심장이라고 하니 머리의 문제는 잊어도 되겠습니
까?"

"그야⋯⋯."

런쩡페이가 말끝을 흐렸다. 이로써 머리에 대한 논란을 내
려놓는 창하였다.

"다음은 크고 작은 손상들입니다. 다른 건 몰라도 어깨와 다리의 골절은 짚고 가야만 의문이 사라질 것 같습니다."

"그것도 주검과는 직접 관계가 없어요."

"그럴 수도 있겠지만 이건 공감하시죠. 이 정도의 몸부림으로 좌충우돌했다면 신체에 무리가 갈 수 있다는……."

"그건 당연한 것 아니오."

"그럼 이제 심장을 보겠습니다."

창하의 시선이 시신의 심장으로 향했다.

"심낭에 혈액이 들어찬 혈심낭, 선생님의 판단처럼 사망의 원인입니다."

"동맥류를 지병으로 돌리려는 거라면 집어치우시오. 그렇다고 해도 바잔다르는 경찰과 격투를 벌일 정도로 건강했고 보다시피 외력에 의해 혈심낭이 된 거요."

"맞습니다. 경찰과 격투를 벌일 정도로 건장했죠. 100% 인정합니다."

"그럼 잡소리 말고 부검 결과나 내주시오. 한국 경찰이 때려서 심장사한 것으로."

"그에 앞서 한 가지만 짚고 가겠습니다. 괜찮겠습니까?"

"대체 뭘?"

"사망자가 건장했다는 것 말입니다. 일반적으로 심낭에 혈액이 고인다면 심장병이나 주변 혈관에 생긴 병 때문이죠. 하지만 그런 병들은 주로 노인들에게 발생합니다. 맞습니까?"

"그야······."

"하지만 선생님의 견해는··· 여기 가슴팍에. 난 가해가 직접 원인이 되어 동맥류가 폭발한 혈심낭이고요?"

"물론이오."

"이제 정리합니다. 건장한 이분 말입니다. 경찰들에게 가슴을 맞았습니다. 하지만 보다시피 심각한 건 아닙니다. 30대 초반의 나이를 고려하면 갈비뼈의 탄력이 한참 좋을 때라 이 정도 가격으로 심장에 치명타를 주지는 않습니다. CT에서 보고 절개로 확인하셨다시피 갈비뼈에는 어떤 손상도 없었습니다. 맞나요?"

"그야······."

"그렇다면 갈비뼈가 충격을 분산할 정도의 가격으로 어떻게 심장 주변의 혈관이 터질 수 있을까요? 그보다는 본인의 자해 과정에서 일어난 어깨와 정강이의 골절, 그 충격이 뇌관이 되어 동맥류를 터뜨린 것은 아닐까요?"

"이봐요. 이 선생."

"제 사인은 그렇습니다. 자해 중에 발생한 어깨 골절의 충격으로 인한 혈심낭. 원하신다면 충격의 강도 측정으로 들어가도 좋고, 당신이 아는 중국의 부검의들에게 자료를 보내 자문을 구해도 좋습니다."

창하의 눈이 런쩡페이를 겨누었다. 온화하던 조금 전과 달리 압도적인 시선이었다. 여기는 국과수. 피경철 소장의 절대

신임을 업고 임한 부검이었다. 그렇기에 누구도 넘볼 수 없는 위엄을 뿜어대는 창하였다.

"당신은 지금 소설을 쓰고 있소."

"부검은 주검의 상황을 재구성하는 작업입니다. 팩트를 보지 못하면 소설로 받아들일 수도 있지요."

"그럼 아예 기원까지 질러가 보시오. 거기까지 들어본 뒤에 결정하겠소."

"사람은 자신도 모르는 병을 가지고 있을 수 있습니다. 그렇기에 젊은 사람의 경우에도 심장, 혹은 거기 인접한 혈관에 문제가 있을 수도 있지요. 대표적으로는 가와사키병을 들 수 있습니다."

"가와사키?"

"소아에 발생하는 원인 불명의 급성 열성 혈관염이죠. 피부와 점막을 포함한 온몸의 혈관계에 염증을 유발할 수 있으며 그중에서도 심장의 근육에 혈류를 공급하는 관상동맥의 염증은 위험할 수 있습니다. 그런 후유증이라면 심장 관상동맥의 어느 부분엔가 꽈리 모양의 동맥류를 남겼을 수 있고요."

"그랬다면 병원에 갔겠지?"

"그럴 수도 있지만 가와사키는 감기나 배가 아픈 증세처럼 나타나는 경우가 많습니다. 가난하게 자라거나 근처에 병원이 없다면 자연 치유 될 때까지 방치했을 가능성이 더 높죠."

"바잔다르가 후진국에서 왔다고 그렇게 몰고 가는가?"

런쩡페이의 목소리에 분노가 실렸다. 불법체류의 원인보다 자신들의 권리를 짓밟는다고 생각하는 사람들. 그렇기에 창하의 생각에 반감부터 갖는 것이다.

"기원을 제시해 보라고 한 건 선생님입니다."

"하지만 잔머리야. 후진국의 아이들 중에 배가 아프고 감기에 걸렸다고 매번 병원에 가는 사람들이 몇이나 될까? 결국 당신은 광범위한 그물을 던지고 사태의 본질을 흐리려는 거야."

"바잔다르의 과거 병력이 드러나지 않으면 이론의 여지가 있을 거라는 거 알고 있습니다. 하지만 어깨 골절과 다리 골절의 몸부림은 심장에 충격을 줄 수 있습니다. 당신이 아는 부검의들에게 보내 자문을 받아줄 것을 요청합니다."

"그건 그렇게 하지. 아니면 당신들 정부가 또 무슨 개트집을 잡을지 모르니."

런쩡페이가 컴퓨터 앞으로 다가섰다. CT 사진과 부검 사진 등이 전송되었다.

기다리는 동안 런쩡페이는 여유가 넘쳤다. 가슴팍에 난 상흔과 이어지는 혈심낭의 확인. 그것으로 게임 오버라고 생각하는 눈치였다.

1시간쯤 지나자 런쩡페이의 전화기가 울렸다.

"웨이 니 하오?"

그가 중국어로 전화를 받았다. 가만히 귀를 기울인다. 그러다가 표정이 굳어버렸다.

"선생님."

숨죽이던 원빈이 반응을 했다.

"쉬잇!"

창하가 조용하라는 신호를 보냈다. 세상일이라는 것, 뚜껑을 열기 전에는 알 수 없다. 메스를 대봐야 알 수 있는 부검처럼.

"……!"

통화를 끝낸 런쩡페이의 인상이 멋대로 일그러졌다. 창하는 말을 붙이지 않았다. 그저 그의 얼굴을 응시할 뿐.

"이 친구의 사고 장면… 그것 좀 볼 수 있겠소?"

런쩡페이가 창하를 바라보았다. 무너진 시선에 절망이 깃들고 있었다. 군말 없이 문제의 장면을 보여주었다. 창하 역시 수도 없이 보았던 화면이었다.

불법체류자들의 선두에 바잔다르가 있다. 쇠 파이프를 휘두르며 돌진한다. 속절없이 밀리던 경찰들이 반격을 개시한다. 바잔다르가 격리된다. 경찰들 모습 때문에 바잔다르가 잘 보이지 않는다. 잠시 후에 바잔다르가 극렬한 몸부림으로 경찰의 포위망을 뚫고 나온다. 바닥에서 뒹구는 몸부림의 강도는 폭발적이었다.

"……"

런쩡페이의 눈자위가 떨렸다. 불법체류자들은 저 몸부림이 경찰의 폭력에 의한 것인 줄 알았다. 그러나 창하의 말대로라면 포위망을 뚫기 위한 악다구니였다. 경찰들이 물러서니 인도의 경계석이 보였다. 어깨와 다리의 골절은 저기서 생겼다. 뒹굴다가 충돌한 것이다.

런쩡페이의 시선이 경찰들의 다리를 주목한다. 다리는 물러서고 있다. 어깨를 가격하는 게 아니다. 실제로 어깨와 다리에는 경찰들의 폭력 흔적이 없었다.

"윽!"

런쩡페이의 어깨가 맥없이 무너졌다. 바잔다르의 시신 위였다.

"당신⋯⋯."

그의 목소리가 신음처럼 새어 나왔다.

"소문은 들었소. 장난질 같은 건 치지 않는 부검의라는⋯⋯."

"⋯⋯."

"중국에서는 중국 특급 부검의들의 기립 박수까지 받았다고?"

"⋯⋯."

"그들이 말하더군. 당신의 부검이라면 부정할 생각 말라고."

"⋯⋯."

"부검의 신이 있다면 그게 바로 당신이라고."

결국 런쩡페이가 주저앉았다. 창하의 부검을 받아들인 것이다.

사인은 그의 친필로 내게 하였다. 불법체류자들의 무리에서 나올지도 모르는 억지를 막기 위한 조치였다.

「어깨 골절의 충격으로 인한 혈심낭사」

상세 기록들 아래 직접 사인이 적혔다. 불법체류 시위자들이 어떻게 받아들일지는 알 수 없다. 그들을 부추기는 한국 브로커들도 마찬가지였다. 그러나 부검의 역할은 끝났다. 가슴팍의 작은 상처 역시 한 수 거들기는 했겠지만 진짜 뇌관은 어깨를 골절시킨 충격이었다. 경계석과 충돌하면서 동맥류에 치명타가 된 것이다.

복도에서 부검 결과를 발표했다. 그 또한 런쩡페이에게 넘겼다. 주도권을 넘김으로써 오히려 상황을 주도하는 창아였다.

"부검 결과는 수용합니다만 한국 정부에서 불법체류들을 심사해 선량한 사람들에게는 새로운 기회를 주기를 바랍니다."

회견이 끝난 후에 그와 악수를 했다. 동료들과 함께 차에 오르는 그의 어깨가 무거워 보였다.

"이 선생."

피경철이 다가왔다. 그 옆에는 경찰청 고위 간부가 자리하고 있었다.

"수고했어요."

고위 간부도 안도의 표정을 짓는다.

"씻고 나오시게. 한 일 없는 나는 밥이라도 쏴야 마음이 편하겠어."

피경철의 손이 창하의 어깨를 토닥여 주었다.

"자, 많이들 먹게."

피경철이 삼계탕을 권했다. 작은 인삼이 들어간 영계가 실했다. 벽에 걸린 텔레비전에서 출구 조사 결과가 나오고 있었다.

정병권 56% 당선 확정

"어이구, 정병권이 일방적으로 앞섰네?"

식당 주인 표정이 밝아졌다. 그도 정 후보를 지지한 모양이었다.

뉴스가 바뀌면서 불법체류자 사망 부검 건 화면도 보였다. 런쩡페이가 나오고 창하도 보인다. 그의 인터뷰 뒤에서 사인을 확인해 주는 장면이었다.

「사고는 유감스럽지만 직접 사인은 어깨 골절을 유발한 격렬한 몸부림으로 판단됩니다.」

"크하, 저 카리스마……."

원빈이 감탄을 토한다.

"그만하시고 술이나 한 잔 받으세요. 쉬는 날 저 때문에 고생하셨는데……."

창하가 맥주병을 들었다. 원빈에게도 부어주고 광배에게도 부어주었다.

"불법체류 시위자들은 어떻게 될까요?"

몇 잔이 오간 후에 피경철에게 물었다.

"아까 박 국장님하고 얘기했는데 선별 구제를 할 모양이야. 그러니 너무 염려 마시게."

"다행이네요."

"정부도 방치한 책임이 있잖나? 그쪽이나 우리나 앵무새처럼 인력이 모자라요 하는 건 마찬가지더군."

"그렇네요."

창하가 답할 때 앵커가 화면에 나왔다.

"방금 대선 개표 프로그램에서 정병권 후보의 대통령 당선 확정 예측이 나왔습니다. 이 시간까지 개표 결과 55 대 38로 정병권 후보 당선 확정입니다."

당선 확정.

정병권의 사진과 함께 네 글자가 반짝거렸다. 카메라가 바쁘게 움직이기 시작했다. 선거 대책 본부를 비추고 당사를 비추고, 심지어는 후보가 쉬고 있는 자택도 비췄다.

─위대한 대한민국 국민 여러분.

작은 정원으로 내려온 정병권이 카메라 앞에 섰다. 중반의 위기를 넘기고 마침내 대통령 당선자가 된 정병권. 창하가 화면을 향해 술잔을 들어 보였다. 새 대통령에게 보내는 축하였다.

정병권은 환호와 함께 휴식을 누릴 수 있게 되었지만 국과수는 아니었다. 그 첫새벽에도 국과수를 향해 달리는 차량이 있었다. 차량 안에는 여중생의 시신이 있었다.

가출 팸에 끼어 살던 여중생. 같이 생활하던 남학생들이 술을 먹이고 성폭행을 하던 중에 사망하고 말았다. 가출 팸에 있던 남학생은 무려 여섯 명. 나중에 발설할 것을 우려해 다 같이 가해를 했다. 문제는 성폭행 도중에 여학생이 사망해 버렸다는 것. 중3부터 고2까지의 수컷들은 똑같은 말로 혐의를 부인했다.

"내가 할 때는 살아 있었어요."

상황이 벌어진 시간은 새벽 2시 반. 난감해진 경찰은 국과수에 긴급 SOS를 쳤고 국과수는 다시 창하를 대기시켰다.

제10장

—

시신이 전하는 말

국과수 앞은 소란스러웠다. 가해자들의 부모들이 달려온 것이다.

"누가 부검을 맡은 거요?"

"우리도 참관하게 해주시오."

소란을 피우는 보호자들 중에는 병원장도 있고 판사도 있었다. 통제가 어려우므로 창하가 나섰다.

"제가 부검을 맡습니다."

"오, 이창하."

보호자들이 몰려들었다. 그들 중 일부가 창하를 알고 있었다.

"당신, 이 부검 제대로 하시오. 내가 우리 아들을 만나봤는데 사망자는 행실이 걸레였대요. 이건 사망자의 과실입니다."

"우리 아들은 아니에요. 애들 꼬임에 넘어가 같이 있었던 것뿐이에요. 애들이 의리를 강조하길래 시늉만 냈다고 하더라고요. 괜히 엮어 넣으면 당신도 국대 에이스 딱지 떼세요."

보호자들이 폭주할 때 창하 핸드폰이 울렸다.

"잠깐만요. 여보세요."

창하가 전화를 받았다. 핸드폰 속에서 정병권의 목소리가 흘러나왔다.

─이창하 선생님, 저 정병권입니다.

"대, 대통령님."

창하가 자세를 바로 갖췄다. 대통령 당선자가 전화를 건 것이다.

"대통령?"

창하 말을 들은 보호자들이 주춤거렸다.

"아침부터 어쩐 일로⋯⋯?"

─사람이라는 게 시작이 중요하지 않습니까? 어제는 너무 바빠서 이 선생님께 전화도 못 드렸어요.

"별말씀을요. 제게 신경 쓰실 때가 아니지 않습니까?"

─천만에요. 막판의 반전, 그게 누구 때문이었는데요?

"대통령님⋯⋯."

─아침에 오카다 위원장의 축하 전화를 받았습니다. 이 선

생님 이야기를 하더군요. 어쩌면 이 선생님이 자기 생명의 은인이기도 한데 따지고 보니 이 선생님을 보내준 저도 그와 다르지 않다고……

"생명의 은인까지는 좀……."

─그 활약상을 좀 듣고 싶은데 언제 시간이 되겠어요?

"국정 구상에도 시간이 모자라실 텐데……."

─그 구상에 이 선생님 생각도 포함시켜야죠. 일요일 저녁 괜찮겠어요?

"예, 저야……."

─그럼 제가 사람을 보내겠어요. 주변이 소란스러운데 국과수에 무슨 일이 있나요?

"아닙니다. 부검이 들어왔는데 보호자들이 오셔서……."

─애로가 생기면 언제든 연락하세요. 내 핫라인은 이 선생님에게도 유효합니다.

"고맙습니다. 대통령님."

인사를 하고 전화를 끊었다.

"아, 아까 뭐라고들 하셨죠?"

창하가 다시 보호자들을 바라보았다. 기세등등하던 얼굴들은 한풀 꺾인 지 오래였다.

"아무튼 부검 정확하게 잘해달라고요. 앞날이 구만리 같은 애들을 행실 이상한 여자애 하나 때문에 망치게 하지 말고요."

병원장이 대표로 발언하지만 볼륨은 확 낮아져 있었다.

"그 여자애의 앞길도 구만리 아니었나요? 부검은 있는 그대로의 사실에서 더하지도 빼지도 않을 것이니 차분하게 기다려 주시기 바랍니다."

창하가 응수했다. 대통령 당선자와의 통화를 들은 보호자들은 감히 토를 달지 못했다.

"대단하군."

창하 뒤의 피경철이 숨을 돌렸다. 공권력의 신뢰도가 땅에 떨어지면서 집단 민원 앞에서 기를 펴지 못하는 공기관들. 국과수처럼 힘없는 기관은 더 심한 편이었으니 창하가 아니면 애를 먹었을 판이었다.

"새 당선자께서 우리 이 선생을 챙겨주시니 5년 동안은 외풍 걱정 안 해도 되겠군."

"소장님도……."

"겸손해할 거 없네. 자네의 일본 활약, 그리고 차기 일본 수상으로 꼽히는 사람의 공식 사과… 막판 선거에 영향을 준 건 나도 알고 있으니까."

"그거 아시면 5년 동안은 좀 편안하게 일하시죠. 맨날 조기 출근에 부검까지 맡지 마시고."

"왜? 나를 아주 생꼰대로 만들어 버리려고?"

"원래 아랫사람들은 윗사람의 부재중을 좋아하거든요. 아시잖아요?"

"오케이, 그럼 자리 비켜줄 테니 냉큼 부검 끝내고 오시게나. 원두커피는 내가 내려놓겠네."

피경철이 창하 등을 밀었다.

대기실로 들어서자 경찰에서 나온 여청 팀장이 엄지를 세워주었다.

"가해자 부모들이 빵빵해서 우리 서장님도 애를 먹었는데 역시 국대 검시관님은 다르십니다."

"경찰서에서도 소란을 피웠습니까?"

"말도 마세요. 변호사를 시작으로… 우린 청소년 가출 팸이라기에 부모들이 엉망인 줄 알았다가 큰코다쳤습니다. 주동자 황제국의 아버지가 병원장이고 또 한 녀석은 가정법원 판사 어머니를 두었더라고요. 그런 놈들이 뭐가 부족해서 집 나와 저 모양들이었는지……."

"개요부터 들어볼까요?"

창하가 의자를 당겨 앉았다.

"말 그대로 가출 팸이에요. 남학생이 아홉에 여학생이 넷인데 남녀 각각 둘은 다른 친구들과 어울리고 있었고 합숙소에는 남자 여섯과 여자 둘이 있었어요. 그렇게 술을 마시다 여학생 하나는 친구 전화를 받고 나갔고요."

"……."

"사망자는 합류한 지 며칠 되지 않아서 술부터 돌렸다고 하더라고요. 자기들끼리는 잘 교육시켜서 돈벌이 시키려고 끌어

들었다고 해요."

"돈벌이요?"

"성매매 말이에요. 그런데 사망자가 거부를 하니까 술을 강제로 먹이고 단체 성폭행을 한 거예요. 사전 교육이라는 명목으로 말이죠."

"……."

"황제국이 주동이었는데 이탈자가 생길까 봐 방문을 안으로 잠그게 하고 먼저 시범을 보인 후에 다섯 명을 차례로 떠밀었더군요. 사실 말로는 떠밀렸다지만 다른 놈들도 거의 자의였어요. 이런 식의 성폭행이 처음도 아니었고요, 핸드폰 보니까 성폭행 동영상하고 여자 애들 알몸 동영상이 한두 개가 아니더라고요."

"허얼."

"가해자들 말은 성폭행이 끝난 후에도 살아 있었다는데 그건 그놈들이 다 취한 상태여서 어느 한 놈도 기억이 생생하지 않아요. 꿈틀대는 걸 봤다는 놈도 있고 손을 움직였다는 놈도 있고, 한 놈은 자기가 할 때부터 좀 이상했다고도……."

"가해 중에 사망했다면 경중을 가리는 데 애 좀 먹겠네요. 저도, 경찰도……."

"그렇죠?"

"들어가 볼까요?"

창하가 일어섰다. 사건 개요는 이쯤으로 충분했다.

필 때 아름다운 꽃이 있고 질 때 아름다운 꽃이 있다. 졸지에 사망한 여중생의 시신은 어느 쪽도 아니었다.

돌볼 사람 없이 죽어간 인생은 쓸쓸하다. 아직 활짝 피지도 못한 열여섯의 여중생. 그 꽃에는 흠집이 많았다. 술에 만취한 남학생들. 얌전히 행위만 한 게 아니었다. 딴에는 자기들의 왕국 속에서 자행한 일탈. 성인들 못지않은 체위 시도를한 것이다.

핸드폰 탓이라고, 컴퓨터 탓이라고 생각하지 않았다. 그쪽으로 핑계를 돌리면 가련하게 희생된 여학생을 모독하는 것이다.

창하가 주목하는 외표의 상처는 후두였다. 머리채를 잡고바닥에 찧었다. 술에 취해 통제 불능이 된 못된 욕망의 유희인지 성매매를 강요하면서 나온 폭행인지는 알 수 없었다. 볼을 깨문 자국에 기도의 압박흔도 보였다.

찰칵!

카메라가 작동하기 시작했다. 가슴과 질 입구의 상흔까지차분하게 살피며 내려갔다.

"……!"

창하가 흠칫거린다. 놀랍게도 질을 씻어낸 흔적이 나왔다.여학생이 죽었다는 걸 알고 증거 인멸을 실시한 것이다.

'만만찮은데?'

기껏해야 열여섯에서 열여덟인 가해자들. 이런 머리까지 썼다는 현실에 쓴 물이 올라왔다.

깨문 자국들은 빠짐없이 치혼을 떴다. 누가 깨물었는지 알아내는 건 일도 아니었다.

─진짜 행위를 했다는 사람은 두 명.
─흉내만 냈다는 사람도 두 명.
─올라타기만 하고 말았다는 사람이 두 명.

일단은 사망 기전을 알아내야 했다. 성폭행이 가해진 후에 죽었는가, 아니면 도중에 죽었는가. 도중에 죽었다면 어떤 이유로 죽은 것인가? 성폭행에 가담한 사람은 몇 명인가?

창하가 메스를 잡았다.

'질⋯⋯.'

원빈의 상상이 날아가는 데 2초도 걸리지 않았다. 창하의 메스가 가른 건 질이 아니라 부검의 기본인 Y자 절개였다.

"⋯⋯?"

원빈의 미간이 살며시 구겨졌다. 성폭행이라면 질에서 정액의 유무를 확인하면 된다. 그런데 왜 가슴까지 열어버리는 걸까? 궁금해하는 사이에 질도 열렸다.

질 안의 상태를 확대경으로 관찰한다. 군데군데 뭉친 체액들이 보인다. 그것들을 따내 현미경에 넣는 창하. 혈액과 섞였는지 아닌지를 확인하는 것이다. 여학생이 살았을 때 삽입된 정액이라면 당연히 혈액과 섞여 있어야 한다. 그러나 심장이 멈춘 후라면 섞이지 않는다.

기본 조사가 끝나자 체액을 알뜰하게 모았다. 가해자들은 가해를 숨기려 질을 세척했다. 거칠게 헤집는 통에 상처가 생겼다. 하지만 그들은 몰랐다. 제아무리 세척을 한다고 해도 체액은 남는다. 며칠이 지나도 마찬가지다. 그건 거의 진리였다.

창하의 메스가 항문으로 건너갔다. 거기도 상처가 보였다. 가해자들이 드나든 건 하나의 문이 아니었다. 다음은 입이었다. 확대경으로 구석구석 뒤져 체모 둘을 찾아냈다. 입안의 체액을 받아내자 이번에는 기도와 식도, 위를 갈랐다. 기도의 압박은 질식까지는 아니었다. 위 안에서는 알코올과 함께 소화되다 만 땅콩이 나왔다. 그 식도에서도 체모 하나가 나왔다. 가해자들이 이용한 문은 무려 세 개였던 것이다.

'후어.'

어이 상실로 내몰리는 창하.

"이놈들 정말……."

광배도 치를 떤다. 가해자들은 거의 선수급이었다. 어린 나이가 무색할 정도였다.

마지막은 머리였다.

머리 피부의 일부를 절개하고 벗겨냈다.

지이잉.

소리와 함께 전동 톱이 돌았다.

"……!"

두개골을 열고 들어간 창하가 움찔 움직였다. 뇌출혈이었다. 그중에서도 뇌막 출혈이었다. 두개강내출혈은 일반적인 충격의 경우보다 고혈압 환자에게서 잘 나타난다. 그에 반해 지주막하출혈은 얼굴이나 머리를 가격당했을 때 뇌 저부를 지나는 혈관이 찢어지면서 발생한다. 만취한 사람을 가격하면 더욱 위험하다.

혈관의 상태로 보아 사망자는 고혈압이나 동맥경화의 소견이 없었다. 먹고 있는 약도 없었다. 헤쳐진 머리카락 부위를 면봉을 문질렀다. 누가 머리채를 잡은 건지 확인이 필요했다. 안개는 조금씩 걷히고 있었다. 후두부에 생긴 상처가 직접 사인이었다.

─누가 머리에 손상을 가했는가?

대명제가 창하에게 떨어졌다.

"선생님, 유전자 검사 나왔습니다."

원빈이 검사 결과를 가져왔다. 창하 얼굴이 조금 퍼졌다. 발뺌하던 넷도 찍소리 못 하게 된 것이다. 그들의 유전자는 입과 식도 덕분이었다. 그 안에 정자가 있었고 음모가 있었다. 사망자가 음모를 주워 먹었을 리 없으니 어떤 변명도 통하지 않을 일이었다.

살인자를 좁혀갔다.

정액이 혈액과 섞이지 않은 용의자. 그러면서 사망자의 머리채를 잡고 바닥에 찧은 사람. 그가 살인에 가까웠다. 다행히 머리카락에서도 DNA를 찾아냈다.

'좋았어.'

창하가 쾌재를 불렀다.

이 조건에 들어맞는 건 리더 황제국이었다. 사망자가 반항하자 제압한다는 의미로 폭력을 가했다. 머리를 잡고 바닥에 찧었다. 강제로 술을 먹여 거의 정신이 없던 여학생. 그때 지주막과 뇌 사이에서 출혈이 일어났다.

뇌를 둘러싸고 있는 뼈는 단단하다. 그렇기 때문에 작은 출혈의 압박조차도 잘 견뎌내지 못한다. 결국 사망에 이른 것이다.

술에 취해 정신 줄을 내다 버린 광란의 용의자들이 그걸 알 리 없었다. 행위가 끝난 다음에야 여학생이 이상하다는 걸 깨달았다. 마침내 사달이 난 걸 알게 된 용의자들. 증거를 없애기 위해 질 세척을 한 다음에 입을 맞춘 것이다.

"술에 취해 맛대가리가 가서 옷 벗고 달려들더니 제풀에 쓰러져 죽었어요."

인간이길 포기한 인간성. 자신들의 짓을 죽은 여학생에게 덮어씌운 작태였다. 그러나 시신은 알고 있다. 죽기 전에 일어난 모든 일은 몸에 기록이 된다. 사인의 블랙박스라는 얘기다. 단지 말할 수 없을 뿐이다. 그걸 읽어주는 게 바로 망자의 명의, 부검의의 역할이었다.

「사망의 원인—폭력에 의한 지주막하출혈, 사망의 종류—살인」

부검은 종료되었다.

"보호자들이 보통이 아니니 태클 들어오지 않을까 걱정이네요."
여청 팀장은 안도와 우려를 함께 표했다. 변호사를 잘 사면 살인도 무죄가 되는 세상. 사망자의 부모가 없으니 걱정이 되는 모양이었다.
"그렇다면 말이죠……."
창하가 의견 하나를 건네주었다.
사인이 발표되자 보호자들이 길길이 뛰었다. 특히 병원장을 하는 황제국의 아버지가 그랬다. 지주막하출혈을 여학생의 흥분 자해로 몰고 간 것이다.
그 입은 창하의 부검 결과가 막았다. 여학생의 머리채에서 나온 황제국의 유전자가 결정적이었다. 거기에 더한 또 다른 부위의 유전자들. 시범에 이어 제압까지 주도했으니 오랄부터 항문까지 정액과 체액의 유전자가 고루 나온 것이다.

"그럼 아예 언론에 다 까고 갈까요?"

펄펄 뛰는 병원장에게 여청 팀장이 메스를 가했다. 청소년들의 범죄라 얼개만 발표하고 있던 경찰의 승부수였다. 그게 바로 창하의 의견이었다. 백택의 메스만큼은 아니더라도 제대로 먹혔다. 이유는 자명하다. 형벌보다 무서운 정보의 위력. 평생의 낙인으로 남기 때문이다.

"덕분에 힘든 수사를 잘 해결하게 되었습니다."

팀장으로부터 답례 인사가 왔다.

"재판에서도 문제가 되면 불러주세요. 증거는 영원불변이니까요."

창하가 답했다. 돈이나 권력으로 판을 뒤집는 꼴만은 일절 봐줄 수 없는 창하였다.

제11장
—
돌발 위에 또 돌발

"이 선생."

불금의 오전 시간, 나도환이 창하를 찾았다. 본원에서 내려온 나도환. 이제는 얼굴이 익어가던 참이었다.

"어서 오십시오."

창하가 반갑게 그를 맞았다.

"자문이 좀 필요해서."

그가 겸손하게 웃는다. 나도환은 본원 베테랑 중의 하나였다. 나이가 많은 건 아니지만 부검에 임하는 자세가 좋았다. 소위 꺼진 불도 다시 보자 스타일이기에 평균 부검 시간은 더 걸리되 놓치는 증거는 거의 없는 사람이었다.

"아유, 무슨 자문씩이나……."

"음, 시골에서 올라왔다고 거절인가?"

그가 조크로 받아친다.

"선생님……."

"혀끝이 치열보다 앞으로 나왔어. 질식사로 알고 진행했는데 아닌 것 같아서 말이지."

"안면 울혈이 없었나요?"

"그것도 그리 특징적이지 않고."

"대소변의 실금은요?"

"그것도 난감. 현장에서도 제대로 확인을 못 한 모양이야."

"그럼 폐렴 쪽이 아닐까요?"

"폐도 그렇게 심하지는 않던데?"

"알레르기를 가진 폐렴이라면 폐 실질에 큰 징후가 없어도 가능할 수 있습니다만."

"아, 그렇군."

나도환의 표정이 밝아졌다.

"고마워. 나중에 밥 한번 쏠게."

그가 나가고 얼마 후에 또 다른 사람이 찾아왔다. 이번에는 소예나였다. 부검실로 향하던 중에 창하를 찾은 것이다.

"선생님."

창하가 반갑게 맞았지만 그녀의 표정은 무겁게 보였다.

"무슨 일 있으세요?"

"응? 조금……."

"무슨 일이신지?"

창하가 다시 물었다. 국과수의 공주님 검시관. 우아하고 고상한 척하지만 절대 손해는 보지 않는 사람이다. 그렇다고 해도 동료이자 선배였다.

"이번 부검 말이야, 이 선생이 좀 맡아주면 안 될까?"

"예?"

창하 시선이 가볍게 튀었다. 역시나 또 잔머리를 굴리는 걸까?

"안 되겠지?"

그녀가 먼저 질러 나간다. 다른 날처럼 뺀질거리는 표정이 아니기에 이유부터 물었다.

"실은 내 의대 동기 관련이야."

"예?"

놀라운 사연이 나왔다. 동기생의 자살 시신이 온 것이다.

"의대 다닐 때 나랑 단짝이었어. 전공의 생활할 때도 나 많이 챙겨줬고… 그 후로 개업하다가 의료사고가 나서 정리한 후에 종합병원 페이 닥터로 갔는데 거기서 또 의료사고를 낸 모양이야. 어제 전화가 왔더라고. 죽은 사람이 국과수로 갈 것 같은데 어떤 결과가 나올 거 같냐고."

"어제요?"

"이야기 듣고 아무래도 의료과실 나올 거 같다고 했더니 결국 어젯밤에 극단적인 선택을 했네. 잔뜩 긴장한 친구에게 내가 괜한 말을 한 것 같아."

"저런!"

"처음에는 어떻게 된 일인가 짚어봐야겠다 싶어서 둘 다 나한테 배정해 달라고 했는데 막상 부검실에 들어가려니 용기가 안 나. 친구가 자살한 원인과 친구의 자살을 동시에 본다는 거… 다른 분들도 알아봤는데 다들 부검이 꽉 차 있네. 그렇다고 소장님께 부탁할 수도 없고 해서."

"둘 다 제가 맡죠."

창하가 쿨하게 답했다.

"진짜?"

"그러니 가서 좀 쉬세요. 부검한 후에 결과 알려 드릴게요."

"고마워, 이 선생."

"천만에요."

창하가 답했다. 돌아 나가는 소예나의 어깨가 납덩이처럼 무거웠다. 뒷모습만 봐도 오늘은 가식이 아니었다.

"우 선생님, 소예나 선생님 부검 건 좀 인수해서 준비해 주세요."

원빈에게 전화를 걸었다.

"선생님."

부검대 앞의 두 어시스트는 당연히 흥분해 있었다. 소예나의 잔머리에 당했다고 오해하는 모양이었다.

"소예나 선생님 절친이랍니다. 또 한 사람은 그분이 의료사고를 낸 환자고요."

"그래요?"

창하가 설명하자 광배 인상이 풀어졌다. 세월이자 관록의 힘이다. 관계와 관계의 무거움을 아는 것이다.

"……!"

시트가 벗겨지자 창하 미간이 구겨졌다. 의료기록상으로는 위 적출 중의 사망이었다. 단순한 위궤양으로 내원한 환자였다. 피를 토하게 되니 응급실로 들어왔다. 27살의 여자 대학원생이다. 멋 내기를 좋아하는지 밝게 염색된 금발이 시선을 끌었다.

단순한 위궤양에 왜 위를 들어내려고 했을까? 상황을 보니 대량 출혈이 원인이었다. 피를 너무 많이 쏟았다. 대량 실혈로 인해 스태프들의 마음이 조급해지니 오판이 나온 것이다.

복부를 열면 출혈의 원인부터 찾게 된다. 흘러나온 혈액을 흡입하면서 혈관 하나하나를 체크한다. 적혈구 농축액으로 불리는 RC—MAP을 20 단위나 신청한 것으로 미루어 출혈은 '콸콸콸' 수준이었다. 그럼에도 위를 들어내는 수술로 전환했다면 출혈의 원인을 찾아내지 못한 것이다. 그렇기에 아예 위를 들어내 버려 출혈을 막으려던 것으로 보였다.

당시의 긴박한 상황이 보인다. 터진 혈관을 찾느라 골든타임을 놓친 의사. 위 적출 준비를 하는 동안에 환자가 숨져 버린 것이다.

시신의 복부가 온통 출혈로 그득하니 세척을 해야 했다. 혈액 샘플부터 확보했다. 수술 중에 일어난 일이라고 해서 의사의 과실만 있는 건 아니었다. 환자들은 때로 의사도 모르는 약을 먹는 경우가 있었다. 아울러 병원에서 무리한 투약을 했을 가능성도 함께 체크해야 했다.

샘플을 따기 무섭게 광배가 세척에 나섰다. 궂은일은 그가 솔선수범이다. 나이 먹었다고 빼거나 꾀를 부리지도 않는다. 그렇기에 창하의 팀이 빛날 수 있었다.

"됐습니다."

광배가 물러섰다. 시신의 복부는 어둠이 가신 하늘처럼 청명해졌다.

'대체 어느 부위에서 출혈이 있었기에…….'

일단은 육안검사부터 시작한다. 두 손으로 위를 잡고 이리저리 돌려본다. 출혈 부위는 꼭꼭 숨었다. 바로 메스가 들어갔다. 위를 가르니 분문부가 가까운 위치에 궤양이 보였다.

"……?"

창하 고개가 갸웃 기울었다. 그렇게 엄청난 출혈을 낼 수 있는 수준이 아니었다. 다른 원인을 찾아보지만 급격한 대량 출혈이 될 만한 원인은 없었다. 궤양 부위를 자르고 들어갔다. 거기서 원인을 알게 되었다.

'아.'

창하가 탄식을 토했다. 대량 출혈의 원인은 위의 뒤편에 인접한 대동맥이었다. 위벽을 관통한 궤양이 그리 옮겨 붙으며 대동맥을 뚫어버린 것이다. 알고 보면 별일도 아닌 것. 그러나 위의 뒤편에서 쏟아진 출혈이었으니 의사가 찾아내지 못한 것이다.

찰칵!

카메라가 증거를 기록했다.

한편으로는 의사의 경험치도 관여가 되었다. 집도의는 개업을 하다 돌아왔다. 개업 때는 수술을 하지 않았으니 긴급 상황에 대한 대처가 떨어질 수 있었다. 사고는 이렇게 요철이 서로 물린다. 나쁜 원인에 또 다른 원인이 연결되면서…….

쾅!

폭발이다.

꼭꼭 숨은 대동맥의 출혈이 두 사람을 파국으로 몰고 갔다. 환자와 집도의…….

그렇다면 이것으로 끝일까?

사망 장소는 병원이었다. 출혈이 심하다고 해도 수혈 중이었다. 그것까지 고려하면 사망은 다소 전격적인 측면이 있었다.

'마취…….'

창하가 다른 가능성 하나를 당겨놓았다. 수술에 있어 마취 역시 중요한 축을 차지하기 때문이다. 그러나 집도의가 자괴감에 자살해 버리면서 언급되지 않고 있었다.

'혈액 분석 결과를 보면 알겠지.'

하나의 가능성으로 남겨두고 메스를 놓았다.

"위궤양이 대동맥을 뚫을 수도 있군요?"

피경철이 쓴 입맛을 다셨다. 환자의 입장을 생각하면 기가 막힐 노릇이었다. 위궤양 출혈로 들어간 병원에서 시체가 되어 나온 것 아닌가?

그렇게 부검을 정리하던 때였다. 분석실에서 들어온 혈액검사 결과가 창하를 뒤집어놓았다. 가능성으로 생각하던 것이 그대로 적중해 버린 것이다.

'억!'

자신도 모르게 비명이 터졌다.

환자의 대량 출혈…….

물론 위궤양의 대동맥 천공으로 인한 것이었다. 출혈의 원인을 찾지 못한 의사는 위 적출로 환자의 목숨이라도 보전하려고 했었다. 하지만 위 적출에 돌입하기도 전에 환자가 죽었다. 여기까지가 사망의 경위였다. 그러나 그 사망의 원인은 대동맥의 대량 출혈이 아니었다. 마취의의 실수였다.

"잠깐만요."

경찰이 가져온 의료기록을 재검토했다.

"……!"

창하 손이 파르르 떨었다. 마취의의 대처 부족이 맞았다. 대량 출혈을 일으키는 환자에 대한 대처가 미흡했던 것. 하필이면 마취의의 역량 또한 한 뼘이 모자랐으니 이 또한 기가 막힐 노릇이었다.

"소 선생님 좀 불러주세요."

창하가 원빈에게 말했다.

"소 선생님은 왜요? 보나 마나 군소리나 늘어놓을 텐데……."

원빈이 볼멘소리를 냈다.

"어서요."

창하가 재촉했다. 원래는 수술을 담당했던 집도의에게 알려야 할 일. 그러나 그가 죽었으니 소예나가 대타가 되어야 했다.

"보시죠."

소예나가 들어서자 부검 상황부터 보여주었다. 그녀의 절친을 주검으로 몰고 간 대동맥의 천공이었다. 소예나가 고개를 떨군다. 다음으로 혈액 분석 결과를 보여주었다.

"……?"

그녀가 창하를 돌아보았다. 처음에는 이해를 못 하는 표정이었다.

"마취제 농도와 투여 과정 말입니다. 수혈량과 대량 출혈에 연결해 보시면……."

"……!"

의료기록의 단위를 짚어가던 소예나가 서류를 떨어뜨렸다. 그제야 행간을 읽어낸 것이다. 그녀 역시 해부병리학 출신. 병리의의 눈을 벗어날 수 없는 상황이었다.

"이 선생……."

"이 부검은 선생님이 마무리하십시오. 선생님 절친까지 끝내려면 시간이 만만치 않아서 말이죠."

창하가 서류를 넘겨주었다. 그렇게 부검실을 나왔다. 복도에서 돌아보니 소예나는 전율하고 있었다. 친구를 주검으로 몰고 간 의료사고. 대량 출혈의 원인을 찾아내지 못했으니 집도의의 책임은 피할 수 없었다. 하지만 그 대량 출혈 속에 다른 사람도 실수를 했다. 바로 마취의였다.

소예나의 눈은 대동맥과 의료기록을 어지럽게 오갔다. 친구는 죽었다. 죽지 않았다면 마취의와 과실을 다툴지도 모른다.

한 사람의 의사를 더 죽일(?) 것인가. 아니면 친구의 주검으로 마무리 지을 것인가?

창하가 사인 결정을 넘긴 이유였다. 그건 아무래도 소예나가 할 일이었다. 어차피 그녀에게 배정된 부검이었고 그녀의 친구가 수술 집도의였으므로.

딸각!

부검실의 불이 꺼졌다. 부검대 위에 누운 사람은 소예나의 동기였다. 파리한 침묵 속에서 그를 바라보았다. 숨 돌릴 새 없는 인턴을 마치고 전공의를 마치고… 개업을 했을 때는 얼마나 의욕에 넘쳤을까? 그러나 개업은 때로 폭망이라는 파국을 초래하기도 한다. 비싼 의료 장비에 임대료… 환자가 많으면 상관없지만 파리가 날리기 시작하면 피를 토하게 되는 것이다.

환자는 약물 자살이었다. 정맥마취제 디프리반을 혈관에 직접 찔렀다. 프로포폴로 잘 알려진 약제였다. 프로포폴의 마취 유도는 신속하다. 오심이나 구토 같은 부작용도 없다. 다시 말하면 투여 후에 후회가 든다고 해도 소용이 없다는 뜻이었다.

혈액을 채취해 분석실에 보냈다. 외표상의 이상은 없었으니 메스는 대지 않았다. 프로포폴로 마취할 때면 체중 1kg당 약 2—2.5㎎을 투여한다.

대수술의 마취에는 일반 수술의 1.5배 정도를 넣는다. 마취의의 실수도 이 프로포폴에서 비롯되었다. 아이러니하게도 집도의가 영면의 방법으로 선택한 것도 프로포폴이다. 나중에 안 일이지만 그는 마이클 잭슨을 좋아했다고 한다. 잭슨도 포로포폴로 죽었다.

"선생님, 결과요."

얼마 후에 원빈이 창하를 불렀다. 집도의의 혈중농도는 대수술의 경우보다도 8배 이상 높았다. 기타 다른 약물로는 알코올이 나왔다. 농도는 높지 않았다. 함께 나온 성분으로 보아 아마도 자살을 감행하기 전에 코냑 한 잔을 마신 것 같았다. 눈물겨운 마무리가 아닐 수 없었다.

다시 소예나가 불려 왔다.

이번에도 약물 분석 결과를 넘겨주었다.

"그래도 술 한 잔은 드시고 가셨네요."

소예나에게 남긴 위로였다.

"이 선생."

문으로 가는 창하를 소예나가 불러 세웠다.

"네?"

창하가 돌아본다.

"고마워."

말을 채 맺지 못하고 돌아서는 그녀 눈에 눈물이 맺힌다.

"힘내세요."

애달픈 인사를 남기고 돌아섰다. 창하도 진한 코냑 한 잔이 당기는 하루였다.

제12장

—

한중일 실권자들의 폭풍 신뢰

다음 날, 창하가 출근하니 책상에 꽃다발이 하나 놓여 있었다. 누가 보냈다는 표식은 없었다. 그것 말고도 이상한 일이 생겼다. 창하에게 배정된 첫 부검을 소예나가 맡아버린 것.

그녀는 아침 강의가 있었다. 경찰청 현장 요원들에 대한 교육이었다. 그 교육 시간이 바뀌면서 시간이 남은 것이다. 그렇다고 해도 뜻밖이었다. 절대 이기의 화신이기도 했던 그녀가 남의 부검을 자처하다니.

"해가 서쪽에서 뜰 모양이네?"

길관민의 입에서 농담이 나올 정도였다.

창하는 부검실 복도에 있었다. 아직은 알 수 없는 소예나의 속내. 후배로서 예를 갖추는 것이다. 30분이 지나자 소예나가 나왔다. 시신은 화재 현장에서 죽은 소방관의 것이었다. 소사가 심하게 진행되어 처참한 상태였다. 복도로 나온 소예나의 표정은 담담해 보였다.

"왜?"

"괜찮으십니까?"

"그럼."

그녀가 머쓱하게 웃는다. 창하가 커피를 내밀었다.

"땡큐."

인사를 남긴 그녀가 창하를 스쳐 갔다. 이심전심이다. 그녀의 마음을 느낄 수 있었다. 어제 창하가 베풀어준 배려에 대한 보답을 하는 것이다. 생색내지 않는 것은 그 마음이 진심이기 때문이었다.

"소 선생님."

창하가 그녀를 불렀다. 그녀가 돌아보았다. 귀찮거나 성가셔하는 표정이 아니었다.

"수고하셨습니다."

창하가 목 인사를 더했다. 어떻게 보면 다가서기 힘든 사람이었던 소예나. 피경철이 소장이 된 후로는 그 벽이 조금 더 높아진 것 같았던 사람. 하지만 이렇게 보니 그녀도 역시 국과수의 일원이었다.

"흐음, 뭔가 이상한데요?"

언제 다가왔을까? 원빈이 창하 옆에서 중얼거렸다.

"뭐가요?"

"소 선생님 포지션 말이에요. 꿍꿍이가 있는 것 같지는 않은데 목에 가래가 걸린 것 같은 이 기분은……."

"편하게 받아들이세요. 우리도 매사에 완벽하지는 않잖아요."

"선생님의 마력이군요."

"마력?"

"선생님이 국과수 직원 한 사람 한 사람에게 마법을 걸고 있는 것 같습니다. 권 과장님도 그렇고 소 선생님도 그렇고……."

"그 마법이 진짜 필요한 곳은 부검대죠. 죽은 사람의 사연을 알아내는 것."

"망자의 명의가 되는 것."

"아셨으면 우리도 부검실로?"

"어련하시겠습니까? 가시죠."

앞서 걷는 원빈의 걸음은 가볍기만 했다.

"후우!"

창하가 숨을 골랐다. 그런 다음 자기최면을 걸었다.

'이창하, 그냥 담담하게…….'

후우.

한 번 더 날숨을 몰아쉬고 음식점 문을 열었다.

"어서 와요."

창하를 반겨준 건 정병권이었다. 그리고 또 한 사람, 장용갑 전임 경찰청장이었다. 두 사람 앞에서 정중히 인사를 올렸다.

"앉으세요."

정병권이 자리를 권한다.

"죄송합니다. 좀 늦었습니다."

"이 선생이 늦은 게 아니라 우리가 빨랐죠. 우리끼리 따로 얘기할 것도 좀 있고 해서요."

"네."

"식사부터 고르세요. 여기 주인이 제 팬인데 당선 축하로 뭐든지 된다고 하네요."

정병권이 메뉴를 가리켰다. 메밀을 주로 하는 음식점이었다.

"저는 메밀국수로 하겠습니다."

"그럼 거기다 전병하고 동동주 한 잔 덧붙이면 될까요?"

"예."

창하가 답하자 주인이 다가왔다. 정병권과 기념 촬영을 하더니 오더를 받아 들고 물러났다.

"좀 더 좋은 곳으로 모실 걸 그랬나요?"

"아닙니다. 별말씀을……."

"일본에서는 수고가 많았어요. 오카다 위원장이 극찬을 하더군요."

"검시관으로서 부검에 충실한 것밖에 없습니다."

"일본 검시관이 사건에 연루가 되었다고요?"

"예."

"그 덕분에 오카다 위원장이 저를 더 부러워했습니다. 자기 자신을 시해하려는 일본 검시관에 저를 도와 분투해 준 이 선생님이 강렬한 대비를 이룬 거죠."

"도움이 되었다니 다행일 뿐입니다."

"도움 정도가 아니죠. 어때요?"

정병권이 장용갑에게 의견을 물었다.

"일등 공신이죠. 당시 당선자님의 예상 득표율이 까무룩 내려앉던 시기였습니다. 그 시점에 반등하지 않았다면 백중세가 되어 당선을 장담할 수 없었을 겁니다."

"우리 장용갑 인수위원장님, 입에 발린 소리 아닙니다. 제 선거 캠프의 야전 사령관이었거든요."

"아, 네······."

창하가 답했다.

"대외적인 활동보다 전체 조율에 힘쓰셨기 때문에 이 선생님도 모를 겁니다. 본인의 요청이기도 했고요."

"사임 후에 당분간 쉬고 싶었는데 당선자님이 세 번이나 찾아오셨지 뭡니까? 제가 이분 당선시킬 힘은 없지만 이러다 저 때문에 시간을 허비해서 떨어졌다는 말이 나올 것 같아 부득

수락을 했습니다."

장용갑이 겸허히 웃는다. 정병권의 당선. 확실히 우연이 아니었다. 이렇게 좋은 인물들을 곁에 두었기에 가능했던 모양이었다.

담화가 오가는 사이에 식사가 나왔다.

"술 한 잔 받으세요."

정병권이 동동주 주전자를 들었다. 창하가 먼저 따르려 했지만 그가 고사했다. 결국 창하가 일 타로 잔을 받고 말았다.

"좋은 날 좋은 사람들과 함께 오래오래."

정병권의 건배사와 함께 술을 마셨다. 메밀국수의 맛은 거의 환상이었다. 입에 착착 감긴다. 전병 역시 돼지고기에 묵은 김치를 섞어 담백함이 그만이었다.

"자, 이제 술도 한 잔 마셨고 허기도 대충 달랬고……."

입술을 훔치던 정병권이 말을 이어나갔다.

"우리 젊은 피 이 선생님의 얘기 좀 들어볼까요?"

"얘기라면?"

"뭐든지 말해보세요. 원래 대통령들이 취임 초기에는 굉장히 바쁘거든요."

"예……."

"그러니 필요한 것이든 아니면 건의 사항이든……."

"필요한 거라면 역시 국과수의 인력이겠죠. 그 시스템을 좀 손봐주셨으면 합니다."

"그 얘기는 전에 들어 알고 있습니다."

"아니면 CT 말입니다. 현재 본원과 서울 사무소에만 있는데 각 지역 사무소에 다 배치해 주셨으면 합니다. 부검에도 유용하지만 부검의들의 부상과 감염 방지에도 도움이 됩니다."

"좋은 생각이군요. 하지만 이 선생님."

정병권이 대화를 끊고 들어왔다.

"예?"

"이해를 높이려면 내가 우리 인수위원장님을 모시고 온 이유부터 말해야겠군요. 기왕 저를 도와주신 거 초대 내각에서 행안부를 맡아달라고 요청했습니다."

'행안부 장관?'

"이제 감이 좀 오시나요?"

"당선자님……."

"전에 그런 말을 했었지요? 영국처럼 민간 법과학공사를 만드는 게 이 선생의 꿈이라고."

"예."

"그걸 하려면 아무래도 경찰청과 행안부의 협조가 필요할 것 같더군요."

"……."

"우리 인수위원장님이 경찰통 아닙니까? 경륜과 추진력도 뛰어나지만 그런 연유로 더욱 행안부를 밀고 있습니다."

"당선자님……."

"제가 있는 동안 추진하도록 하세요. 이 선생의 나이가 조금 어리지만 그게 대수입니까? 20살 전에 세계 챔피언이 된 운동선수들도 많아요. 그런 걸로 따지면 이 선생은 늦은 편이죠?"

"……."

"새로운 일은 젊은 사람들이 이끌고 가야 합니다. 꼰대들 앞세우면 요원해요. 제 말 이해하겠습니까?"

"예."

"중국의 요청과 일본의 요청을 받으면서 마음을 굳혔습니다. 내가 당선이 되면 경제를 살리고 민생에 국민 화합을 이루는 것 외에 민간 법과학공사까지 설립 지원을 해야겠다고."

"……."

"만약 무리가 된다면 적어도 분위기 조성은 마치고 싶습니다."

"……."

"어떻습니까? 이 사람 생각?"

"그렇게까지 배려해 주시니 몸 둘 바를 모르겠습니다."

"진짜 값진 배려를 해준 건 이 선생님이에요. 중국과 일본에서 올린 개가가 이 사람 당선의 밑바탕이었습니다."

"그건 단지 검시관으로서……."

"아, 기왕 이 사람을 도와준 거 한 번 더 도와주서야겠어요."

"제가 무슨?"

"중국의 라오서와 일본의 오카다 말입니다. 이번 제 취임식에 축하 사절로 올 겁니다. 제게 말하길 이 선생님을 만날 수 있으면 좋겠다고 말하고 있네요."

"……."

"그래서 이 사람이 화를 냈습니다. 지금 내 취임식에 오겠다는 거냐, 아니면 이창하 선생을 만나러 오겠다는 거냐고."

"……."

"조크입니다. 이런 조크를 할 수 있으니 얼마나 행복한지요. 그 두 사람, 머잖아 중국과 일본의 정권을 휘어잡을 사람들입니다. 이 선생님 덕분에 세 나라의 미래 협력관계는 그 어느 때보다도 밝아졌어요."

"당선자님."

"이 사람의 취임식 때 꼭 오시는 겁니다?"

"그러시면 저희 소장님도 함께 초청해 주시면 제가 가기 편할 것 같습니다."

"기꺼이."

창하의 요청에 정병권은 두말없이 콜을 날렸다.

톡!

뚜껑 열리는 소리가 좋았다.

"드십시오, 이 선생도 마셔."

권우재가 내민 건 박카스였다. 소장과 창하에게 하나씩 건네주었다.

"좋은데?"

박카스를 마신 피경철이 빙그레 웃었다.

"그렇죠? 제가 특별히… 절대 온도 6도에 맞춘 겁니다."

"우리 권 과장은 박카스 좋아해. 그쪽 회사에서 공로패 하나 줘야 할 텐데?"

"그렇죠? 혹시 취임식에서 그쪽 회장님 만나면 말씀 좀 드려주세요. 요즘 기업들은 그런 마케팅을 모른다니까요."

"혹시라도 옆자리에 앉게 되면 말해주겠네."

"그럼 가시죠. 광화문 쪽 교통이 말이 아닐 것 같은데……."

"그래."

"이 선생, 기분 어때?"

소장을 챙긴 권우재가 창하를 바라보았다.

"죄송합니다. 과장님이 가셔야 하는 자리인데……."

"무슨 소리야? 나는 우리 이 선생이 뽑혀 가서 얼마나 좋은지 몰라. 솔직히 국과수 개원 이래 최초라고. 최초."

"……."

"예전이라면 몰라도 이제 우리 국과수, 이 선생 시기하고 질투하는 사람 없어. 아니, 있으면 소장님하고 내가 용서 못 해. 국과수 위상을 이만큼 올려놓은 사람이 누가 있다고?"

"과찬이십니다."

"칭찬 들을 만해. 그러니까 다른 귀빈들에게 기죽지 말고 어깨 쫙 펴고 다녀오라고. 부검대 앞에서 선 그 포스로 말이야."

"알겠습니다."

"대신 저녁에 소장님 모시고 한 잔, 알지?"

권우재가 술잔 꺾는 시늉을 냈다.

"그러죠."

대답을 하고 소장실을 나섰다. 복도에 여러 직원들이 나와 있었다.

"다녀오십시오."

길관민과 소예나 등이 배웅을 한다. 피경철과 원빈, 수아도 빠지지 않았다.

"이 선생님, 파이팅이에요."

수아가 주먹을 쥐어 보인다. 모두를 향해 답례를 하고 차에 올랐다.

차는 광화문으로 향했다. 정병권의 취임식장은 광화문이었다. 역대 대통령과 달랐으니 여론의 성지로 부각된 광화문 취임식의 문을 열었다. 겨레의 성군으로 꼽히는 세종대왕 앞에서 낡은 것을 타파하고 새 시대를 열겠다는 의지의 표현이었다. 동시에, 국민적 신뢰를 상실하고 셀프 이익집단으로 전락한 정치권 전체에 대한 반성의 촉구이기도 했다.

"이 선생."

다리를 건널 때 통화하던 피경철이 핸드폰의 스피커를 틀었다.

"우리 집사람, 자네에게 하고 싶은 말이 있다네."

피경철의 말과 함께 여자 목소리가 흘러나왔다.

—이창하 선생님.

사모님이다.

"안녕하세요? 사모님."

—고마워요.

느닷없는 인사말이 튀어나온다.

"예?"

—그냥 그렇다고요. 이 말 꼭 한번 드리고 싶었어요.

인사가 끝나자 피경철이 전화를 끊는다. 창밖으로 돌린 눈에 이슬이 맺힌다. 창하 콧등도 덩달아 시큰해졌다.

피경철은 만년 검시관이었다. 그 흔한 과장 한번 못 달고 정년을 맞을 판이었다. 그 꽃이 만개한 건 창하 덕이었다. 사모님의 생각은 그랬다. 그렇기에 지난 창하의 생일에는 직접 만든 김밥을 보내주기도 했다. 우엉과 오이지, 박 껍질 볶음으로 만든 그 정성은 눈물이 날 정도였다.

"소장님, 다 와가는데요?"

창하가 말했다. 피경철의 눈물은 아는 척하지 않았다.

초청표를 내밀자 안내 요원이 전화를 걸었다. 청와대 행정관 한 사람이 달려와 창하와 소장을 맞았다. 배정된 자리로 안내가 되었다.

"이 선생님은 식이 끝난 후에 대통령님과 잠시 다과가 있을 예정입니다. 그때 다시 모시러 오겠습니다."

행정관이 말했다. 자리에 앉으니 전후좌우로 엄청난 인물들의 면면이 보였다.

"이 선생님."

그때였다. 맨 앞줄에 배치된 각국 정상급 지도자석에서 중국 귀빈이 일어섰다. 차기 주석설이 나도는 라오서였다. 얼떨결에 일어나 인사를 했다. 모두의 시선이 집중되었다. 대한민국 최고의 기업가들에게조차 눈길 한번 주지 않던 라오서. 그가 창하에게 애정 어린 시선을 보낸 것이다.

그건 우연이 아니었다. 이번에는 몇 사람 건너 오카다가 일어섰다. 창하를 향해 정중한 인사를 한다. 창하도 일어나 답례를 했다.

"저 친구, 대체 누구야?"

기업가 몇 명이 수군거렸다. 그들 사이에 새뚜기 회장 서필호가 보였다. 창하를 바라보는 시선이 각별해 보였다.

"그럼 지금부터 정병권 대통령 취임식을 거행하겠습니다."

웅장한 멘트와 함께 취임식의 막이 올랐다. 단아하게 마련된 연단 위로 정병권이 등장했다. 각계에서 초청된 9,999명의 귀빈들이 일어나 우레 같은 박수로 새 대통령을 맞았다.

"국민 여러분."

정병권의 취임사가 시작되었다.

소외받는 직종의 부각과 경쟁력 강화를 위한 신사업 도출, 묵묵히 소임을 다하는 사람들이 존경받는 사회. 그 부분에서 대통령의 시선이 창하와 닿았다. 대통령 입가에 미소가 번지자 창하의 가슴이 출렁, 감격으로 흔들렸다.

비둘기가 날고 축포가 터지며 취임식이 끝났다. 대통령이 내려와 VVIP 인사들과 차례로 악수를 했다. 다음은 각계 인사들과 대기업 회장들, 그다음이 바로 창하였다.

"……!"

창하 주변의 인물들이 다시 한번 경악하는 순간이었다.

"어땠어요? 내 취임 연설?"

창하 손을 잡은 대통령이 물었다.

"아까 하신 말씀 전부 다 실현해 주시기를 바랍니다."

"최고의 답이군요. 멋지다는 말만 들어서 식상하던 참이었는데……."

"……."

"그럼 조금 후에 봅시다."

창하 어깨를 짚어준 대통령이 돌아섰다. 손을 흔들며 무대로 멀어진다.

"와아아!"

환호성이 식장을 흔든다. 그때 재벌들 틈에 있던 한 사람이 창하에게 다가왔다.

"이창하 선생님."

칠순의 재벌이 창하를 바라보았다. 단정한 주름살에 온화한 미소의 소유자, 언젠가 창하의 부검으로 기사회생한 손자를 둔 새뚜기의 회장 서필호였다.

제13장
—
기묘한 결투의 종착역 I

"안녕하세요?"

그가 먼저 인사를 해왔다.

"누구신지……?"

창하가 물었다.

"나 새뚜기의 서필호입니다."

"새뚜기?"

창하의 시선이 잠시 갈 길을 잃는다. 새뚜기 그룹이라면 모
를 사람이 없다. 사회 공헌도가 막강한 기업인 동시에 이미지
가 좋은 기업이었다. 하지만 회장과는 안면이 없던 창하였다.

"혹시 서명훈이라고 기억하시는지요?"

"서명훈?"

"얼마 전에 클럽에서 일어난 불미스러운 일로 사람이 죽어 국과수 부검에 연루된……."

"아, 그 사건요?"

그제야 생각이 났다. 악다구니 형제 중에 동생이 죽었던 원발성 쇼크로 인한 급성심근경색 건이었다.

"못난 손자 둔 죄로 인사드리고 싶었는데 이렇게 만나는군요."

"아닙니다. 그건 그냥 제 일이었습니다."

"천만에요. 그래도 사람 사는 정이 그게 아니죠. 언제 식사 한번 모셔도 되겠습니까?"

"그러실 필요까지는 없는데……."

"제 명함입니다. 일간 전화를 드릴 테니 모르는 번호라고 끊지만 말아주십시오."

서 회장이 명함을 꺼내주었다. 보는 사람도 많으니 그냥 받아두었다.

"선생님, 모시겠습니다."

인파를 뚫고 행정관이 다가왔다.

"다녀오게. 나는 차에서 기다릴 테니."

피경철이 창하 등을 밀었다. 돌아보니 새뚜기 회장은 저만치 멀어지고 없었다.

청와대는 지척이었다.

"들어가시죠."

행정관이 가리킨 곳은 작은 접견실이다. 안으로 들어서자 여섯 사람이 보였다.

중국의 떠오르는 별 라오서와 일본의 차기 총리로 불리는 오카다. 나머지 셋은 통역들이었다. 환담하던 세 사람의 시선이 동시에 창하에게 쏠려왔다.

"이창하 선생님."

라오서가 먼저 일어나 창하를 포옹했다. 오카다 역시 반색을 했다.

"두 분의 성화가 열화와 같아 이 선생님을 모셨어요. 앉으세요."

이제 청와대의 주인이 된 정병권이 자리를 권했다. 그 옆에 앉자 차가 나왔다.

"보기 좋군요."

라오서가 창하의 손을 잡았다.

"덕분에……."

"일본도 다녀오셨다고요?"

"예."

"그러고 보니 우리 셋 다 이 선생님의 덕을 보았군요. 한국 대통령께서는 총리 때, 우리 둘은 각각의 나라에서."

라오서가 정병권과 오카다를 바라보았다. 두 사람은 가벼운 웃음으로 공감을 표했다.

"대통령님, 이제 취임을 하셨으니 여기 이 선생님을 중국에 종종 좀 보내주십시오. 이 사람도 이제 체면치레 좀 해야겠습니다."

"언제든 말씀만 하십시오. 제가 특별 휴가라도 보내 드리죠."

"그 약속 잊으시면 안 됩니다."

"당연하지요. 어느 자리라고 허언을 하겠습니까?"

"그렇다면 저도 묻어가야겠군요. 저도 이 선생님의 큰 도움을 받았지만 밥 한 그릇 따뜻하게 대접하지 못했습니다."

오카다도 끼어들었다.

비공식 회담으로 이루어진 시간이지만 모두에게 뜻깊은 자리였다. 정병권은 정치 역량을 평가받는 자리가 되었고 두 정상급 인사들 역시 의미가 새로웠으니 창하는 말할 것도 없었다.

"이 선생님."

라오서와 오카다가 돌아간 후에 정병권이 창하를 불렀다.

"예."

"뜻깊은 시간이었습니다. 저만 그런 줄 알았더니 주변국들까지 이토록 신망이 깊으니, 서둘러 법과학공사 설립에 대해 공론화를 해야겠습니다."

"말씀만 들어도 고맙습니다."

"저 두 분이 초대 의사를 밝혀오면 말씀만 하세요. 청와대 차원에서도 적극 지원을 해드리겠습니다."

대통령이 웃었다.

민간 법과학공사.

아직은 불모지에 불과한 꿈이다. 하지만 조금씩 가시권으로 들어오기 시작한 기분이었다.

창하는 광화문 인근으로 돌아왔다. 피경철은 아직 거기 있었다. 먼저 가도 되련만 창하를 기다리는 것이다.

"죄송합니다."

운전석에 오른 창하가 고개를 숙였다.

"국과수 선양을 하는데 뭐가 죄송하단 말인가?"

조수석의 피경철이 애정 어린 핀잔을 주었다.

"혼자 기다리시니 제가 죄송하지 않습니까?"

"나 좋아서 한 일이네. 그래, 대통령과 독대를 한 건가?"

"아닙니다. 중국과 일본에서 오신 분들과 같이 잠깐 만났습니다."

"중국과 일본?"

"지난번에 부검으로 인연을 맺은 분들입니다."

"우리 이 선생이 이제 국제통이 되는군?"

"별말씀을 다 하십니다."

"가세."

피경철은 더 묻지 않았다. 소장이라고 해서 유세를 떨지 않는 것이다.

"전에 제가 말씀드린 법과학공사 있죠?"

"어, 생각나네."

"소장님이시니 말씀드리는데 실은 대통령께 그 말씀을 드렸습니다."

"그러셨나?"

"호의적으로 생각해 주시더군요."

"고무적이군?"

"재임 기간 동안 분위기라도 만들어주시겠다는 언질도 들었습니다."

"그건 더 좋고."

"제가 할 수 있을까요?"

"해야지. 그거 만들려면 관련 법도 있어야 하고… 이럴 때가 아니면 언제 추진할 수 있겠나?"

"국과수분들은 어떻게 생각할까요?"

"큰일 하는데 일일이 주변 사람들 신경 쓸 필요 있나? 여기 사람들 상당수는 반대할 걸세. 자기들 입지 좁아질 생각에 말이야. 하지만 나는 무조건 찬성일세."

"소장님."

"국과수만으로 법과학의 시대를 열기는 역부족이네. 좀 더 창의적이고 탄력적인 기관이 필요해. 국과수는 주는 떡 받아 먹는 수동적인 기관이 아닌가?"

"제 생각도 그렇긴 합니다만."

"내 생각엔 말일세, 만약 법과학공사가 생긴다면 그걸 추진

할 사람은 이 선생밖에 없네. 이 선생의 시대가 지나면 누구
도 꿈꿀 수 없다고."

"소장님."

"실력 있겠다, 나이 젊겠다, 다행히 정권과도 연결이 되겠
다… 문제는 자금이겠군."

"그렇죠?"

"하지만 그것도 대통령이 마음먹으면 못 할 것 없지. 연구
기관 형식으로 하나 만들어서 독립시켜도 될 것이고 그도 아
니면 재벌의 투자를 종용할 수도 있고."

"재벌요?"

"이제 보니 대통령만 역사의 새 시대를 연 게 아니군. 이 선
생도 기로에 놓인 거야. 법의학의 새 시대를 활짝 열 수 있
는……."

"……."

"다른 건 몰라도 영국이나 미국을 돌아볼 수 있는 기회는
만들어주겠네. 거길 빼놓고는 법과학을 논하기 어렵지 않겠
나? 벤치마킹도 필요할 테고."

"다른 분들에게 폐가 될까 두렵습니다."

"큰일 하려면 소소한 건 신경 끄는 게 맞네. 자네가 없는 동
안은 촉탁 부검의들 부검 배정을 조금 더 늘리면 되네. 그건
내가 알아서 할 수 있는 일이고."

"감사합니다."

"생각 있으면 밀어붙여 보시게. 다음 대통령이 들어오면 또 달라질 수 있어."

피경철의 목소리에 힘이 들어갔다.

창하 뇌리에 닥터 젠슨의 모습이 스쳐 갔다. 중국에서 만났던 미국의 검시관. 창하를 초빙하고 싶다던 그였다.

"그러시면 소장님."

떡 본 김에 제사 지낸다고 요청을 했다. 미국 연수 기회 같은 게 오면 좀 보내달라고.

"따로 지시해 두겠네."

피경철의 대답은 시원했다.

오후 4시, 창하는 새로운 부검 하나를 배정받았다. 소예나에게 배정된 걸 당긴 것이다.

소예나의 부검이 오래 걸리고 있었다. 달리는 열차에 뛰어든 시신이기 때문이었다. 안 봐도 그림이 보였다. 그 정도라면 내부가 파편처럼 부서진다. 직접 사인을 찾기가 힘들어지는 것이다. 게다가 마지막 부검은 두 시신이 한 조였다. 38살의 남자와 53세의 남자가 함께 엮인 사건이었다.

"제가 합니다."

광화문에서 돌아온 창하가 자청하니 권우재도 난감했다. 그도 부검 하나가 남은 형편. 자칫하다가는 피경철이 나설 판이니 창하의 요청을 받아들였다.

"선생님, 시신 도착했습니다."

원빈이 들어왔다. 부검복으로 갈아입은 창하가 그를 따라 나섰다. 대기실에는 강력 팀장이 와 있었다. 언제나 그렇듯이 사건 현장과 사고 경위부터 확인했다.

"보시죠."

사진이 몇 장 나왔다. 53세 남자의 원룸이었다. 그는 침대 위에서 사망했다. 38세의 남자는 이 집에서 나와 병원으로 가다가 택시 안에서 죽었다. 둘은 어떤 관계인 걸까?

"연적이더군요."

팀장이 부연 설명을 했다.

38세와 53세가 연적 사이.

나이 차이가 좀 심해 보였다.

"같은 여자를 사귀고 있었습니다. 처음에는 젊은 친구가 먼저 사귀었는데 나중에 나이 든 남자를 만난 모양입니다. 그런데 여자가 나이 든 남자에게 더 끌리다 보니 젊은 친구에게 이별을 통보했다고 합니다."

한창 나이의 젊은 남자가 늙은 남자에게 밀렸다? 살인의 동기가 될 법한 얘기였다.

"CCTV 보니까 젊은 친구가 나이 든 남자의 원룸을 몇 번 찾아갔었습니다. 사건 당일은 물론이고 사고가 나기 3일 전에도……."

"……."

"사건 당일에는 1시간 가까이 머물다 나왔습니다. 그러니 침대 위에서 죽은 남자는 젊은 친구가 살해했을 가능성이 있는데 그 집에서 나온 젊은 친구는 왜 택시 타고 가다가 죽었는지……."

팀장의 설명을 들으며 현장 사진을 체크하는 창하. 현장은 깨끗했다. 테이블에 맥주와 안주가 보이긴 하지만 다툼의 흔적은 엿보이지 않았다. 침대 위에서 사망한 사람의 얼굴도, 옷가지도 특이점이 없었다.

"이 두 사람의 공통점이 있는데……."

팀장이 다음 사진을 넘겼다.

"……?"

창하의 눈빛이 출렁 반응을 했다. 두 남자의 알몸이었다. 얼굴을 제외한 전신을 촘촘히 가로지르는 멍 자국이 굉장했다. 밧줄에 꽁꽁 묶였다가 풀려난 것 같았다.

"어떻습니까?"

팀장이 물었다.

"멍 자국이 거의 똑같군요."

"그렇죠?"

"여자분은 어떻습니까? 참고인 조사를 하셨나요?"

"그녀는 묵비권입니다. 사귀던 남자 둘이 한꺼번에 죽었으니 충격도 심한 것 같고요."

"알겠습니다."

창하가 일어섰다. 충분히 그럴 수 있는 일이었다.

"부검 시작합니다."

창하의 선언과 함께 두 시신이 공개되었다. 나란히 누우니 멍 자국이 더 선명해 보였다. 그러나 나이 든 남자보다는 젊은 남자의 것이 조금 더 신선한 붉은색이었다.

멍은 작은 혈관이 손상되거나 파괴되었을 때 발생한다. 타박상, 자반, 혹은 좌상으로 불리지만 의학용어로는 피하출혈이다. 이 멍 역시 단계가 있다. 치유되는 과정에 의해 색상의 변화가 나타나는 것이다.

헤모글로빈이 다른 물질로 분해가 되는 메커니즘 때문이다. 그 과정은 붉은색에서 자주색, 푸른색, 검은색을 지나 녹색과 노란색, 황색, 갈색 등으로 변하며 사라진다.

보통 많이 보게 되는 푸르뎅뎅한 멍은 초기를 지나 혈액에 산소가 없어지면서 보이는 변화다. 이 후로 그 부위에 적혈구가 생산되면 보라색으로 보인다.

일반적으로 사람들은 멍에 대해 심각하게 생각하지 않는 경향이 있다. 물론 국소적인 멍은 그럴 수 있다.

하지만 체표의 20-30%에 이르는 광범위한 멍은 몹시 위험하다.

인체 근육이 외부의 손상을 받으면 신독성을 지닌 미오글로빈과 칼륨 같은 자가 독성 물질을 혈액으로 배출하기 때문이다.

이런 상황이 오면 위험하다.

미오글로빈은 요세관을 막아 급성신부전을 일으키고 혈중에 녹아든 칼륨은 심장 근육에 이상을 초래해 부정맥으로 목숨을 위협하는 것이다.

멍을 확인한 창하의 시선이 나이 든 남자의 사타구니로 내려갔다. 그의 물건이 어떻길래 팔팔한 젊은 연적을 물리쳤는가 하는 호기심 때문이었다.

겉보기에는 젊은 남자의 것이 더 압도적이었다. 다만 나이든 남자 쪽에는 해묵은 멍 자국이 훨씬 더 많았으니 젊은 남자와는 좀 달랐다.

"끙차!"

전면 외표 검사 후에 시신을 뒤집었다. 등의 멍은 더 심했다. 확대경을 대보니 대나무 아니면 가죽 띠 같아 보였다. 이 두 남자, 서로 매 맞기 시합이라도 한 걸까?

끝까지 버티는 놈에게 양보하기로 하자.

한 여자를 두고 다투는 두 남자. 유치하지만 나올 법한 방법이었다. 하지만 역시 이해 불가였다. 그런 식의 겨루기라면 다른 방법도 많았다. 하다못해 마주 서서 한 대씩 치고 받을 수도 있었고 술 내기를 하거나 용기를 과시할 수도 있었다.

멍의 농담으로 보아 나이 든 남자가 하루나 이틀 정도 앞섰고 젊은 남자가 그다음이었다.

하루 쉬고 겨루기?

한 여자를 두고 다툰 남자들의 성향과 어울리지 않았다. 질투에 눈이 멀었는데 하루를 기다릴 시간이 어디 있단 말인가?

이제 정밀 외표 검사에 들어갔다.

피하출혈을 일으킨 도구를 찾아야 했다. 확대경을 대니 조금 더 신랄하게 보였다. 확연한 멍에 가려져 있던 다른 상처도 나왔다.

치흔과 손톱 자국이었다.

'뭐야?'

젊은 남자를 지나 나이 든 남자를 살폈다. 그 시신은 훨씬 더 심각했다.

작은 유두 근처로 치흔이 빽빽했고 어깨와 거시기에도 치흔의 멍이 군데군데 남았다.

잘근잘근.

씹어낸 것이다.

'이것?'

창하의 촉이 비로소 고개를 들었다.

"우 선생님, 천 선생님."

안개를 걷어낸 창하가 어시스트에게 외쳤다.

"혁대 좀 벗어줘 보시겠어요?"

혁대?

느닷없는 주문에 어시스트들의 눈이 휘둥그레졌다.

『부검 스페셜리스트』 7권에 계속…